MAHOGANY
BARD

Der Autor

Benjamin K. Hewett (Jahrgang 1979) studierte Französisch und Öffentliche Verwaltung und arbeitet heute als Programmanalyst bei der NASA. Dort beschäftigt er sich viel mit Zahlen, obwohl er eigentlich lieber Geschichten schreibt. Für eine davon, *Sonnenbrand*, erhielt er 2019 den Marburg Award.

2015 erschien in den USA *Die Ringe von Ector*, der erste von mittlerweile drei Bänden der Fantasy-Reihe *Der Dieb und der Paladin,* die ab 2021 endlich auch auf Deutsch erhältlich sind. Zuletzt veröffentlichte er das Jugendbuch *The Deep End of Life*.

Aktuell arbeitet er am nächsten Band von *Der Dieb und der Paladin*. Er lebt mit seiner Familie in Houston.

Mehr zu seinen Büchern gibt es unter www.bkhewett.com/buecher

BENJAMIN K HEWETT

DIE RINGE VON ECTOR

DER DIEB UND DER PALADIN 1

Aus dem Englischen von
HEIKE WESTENDORF

Weitere Bände der Reihe:

• Die Schwerter von Fortrus - Der Dieb und der Paladin 2 (Frühjahr 2022)

• Die Schattenmäntel von Ostmarschen - Der Dieb und der Paladin 3 (Sommer 2022)

Deutsche Erstausgabe 2021, erschienen bei Mahogany Bard, Houston TX

Das englischsprachige Original erschien 2015 unter den Titeln „DARTS (The Paladin's Thief Book 1)" und „RINGS (The Paladin's Thief Book 2)"

Text © 2015 Benjamin K. Hewett, Übersetzung © 2021 Benjamin K. Hewett

Umschlaggestaltung: Rashed AlAkroka

Lektorat/Korrektorat: Lektorat Koda

ISBN-13: 978-1-7365395-3-8

Für Dennis, der sich die Mühe gemacht hat,
einem unerfahrenen Programmanalyst das Dartspielen
beizubringen

Und für Edward und Carlito, die meinten, dass es nun
wirklich an der Zeit sei, mein Buch endlich zu veröffentlichen

TEIL I

DAS DARTSPIEL

1

Rückblickend war es eine meiner schlechteren Wetten. Ein Dartspiel ist nämlich nicht nur ein Spiel, wenn man dabei seinen letzten Penny verwettet. Und die Kinder Hunger haben. Und alles, was man noch verkaufen kann, ein verfluchter Ring ist, den niemand haben will – bis auf denjenigen natürlich, dem man ihn gestohlen hat.

Das macht das Ganze dann eher unangenehm.

So wie in diesem Fall.

Mein erster Fehler war, dass ich mir die Spieler nicht genau angesehen habe. Normalerweise prüfe ich immer, ob ihre Karten Knicke haben. Ich beobachte auch, wie der Champion sich hinsetzt. Zerrt er den Stuhl rabiat über den Boden oder gleitet er katzengleich auf die Sitzfläche? Hat er schmutziges Geld von einem manipulierten Spiel dabei? Auf die Details kommt es an. Denn selbst die besten Hochstapler verraten sich – wenn man weiß, worauf man achten muss.

Lucinda zum Beispiel. Bildschön, aber dumm? Falsch gedacht. Sie stellt sich immer genau dorthin, wo man seinen Geldbeutel aufbewahrt.

Lucinda arbeitet hier, im Wirtshaus *Zur Schwarzen Katze*. Und wenn sie gerade niemand Reichen um ein bisschen Geld erleichtern kann, schenkt sie auch aus. Das heißt, dass sie meistens abends ausschenkt, da sich die wohlhabenderen Einwohner nach Einbruch der Dunkelheit selten in Unterector aufhalten. Sie hat sehr flinke Finger.

Aber Lucinda ist nicht die Einzige, auf die ihr achten solltet. Hier gibt es nicht einen Gast, der nicht ein bis drei Laster hat. Petri ist Hehler und Buchmacher. Martel ist ein Trunkenbold und gelegentlich Nudist. Barkus leitet einen Ring aus gerissenen Bettlern. Und ihr wollt gar nicht wissen, womit der blasse Tom seine Freizeit verbringt.

Aber da ich heute nichts Wertvolles bei mir trage, bringe ich Lucinda eher Freundschaft als Vorsicht entgegen. Meine Tasche liegt noch in der Laternengasse, ihr Inhalt ist über den dritten Stock eines hohen, schwarzen Hauses verstreut. Es war nämlich sicherer, das Silber und die ledergebundenen Bücher dort zurückzulassen, als ich verschwinden musste – insbesondere, nachdem mir bewusst geworden war, dass der blasse Tom das Haus für sich beansprucht hatte. Beim ersten Anzeichen seines Knochensäge-Atems war ich schon aus dem Fenster im dritten Stock und den Stuck hinaufgeklettert. Und da meine Tasche mir nicht folgen konnte, zumindest nicht schnell genug, blieb sie halt da.

Dabei habe ich leider ein Fenster aufgelassen, was mir normalerweise nicht passieren würde.

Aber ich bin ja nicht hier, um zu essen, zu schlafen oder über Fenster zu sprechen, die ich im Regen aufgelassen habe. Ich bin hier, um mich mit Petri zu treffen und ein bisschen Brot für meine Kinder zu kaufen, je nachdem, wie er den Wert des Rings einschätzt.

Er klopft mit den Fingern auf die blanke Theke, als ich näher komme. Wenn er nicht gerade krumme Geschäfte macht, ist Petri für den Ausschank und die Buchhaltung zuständig. Zahlen sind sein Ding. Seine Augen rutschen von dem schwarzen Ring herunter wie Seife von Steinfliesen, als ich ihn auf die Theke lege. Hehlersprache für ›kein Interesse.‹

Ich stecke ihn zurück in meine Tasche. Den Hunger werde ich heute wohl nicht los.

»Hey, Tees«, sagt er, »Griphurk spielt gleich Darts. Wie viel willst du wetten?«

Ich lächle, bis ich mich daran erinnere, wie leer meine Taschen sind. Nur ein Idiot würde gegen Griphurk wetten, aber es scheint, als ob genau das jemand getan hätte.

Griphurk würde es nie zugeben – seine schiefen Augen nehmen immer einen besonders garstigen Ausdruck an, wenn er gefragt wird – aber er ist zur Hälfte Höhlenkobold. Er wartet mit seinem Becher an der Dartscheibe und knackt mit den krallenartigen Fingern, verzieht das Gesicht zu einem Lächeln, als einer am Nebentisch einen Kommentar ablässt, und offenbart dabei seine Schneidezähne, die länger und spitzer sind als bei normalen Menschen. Dann erlischt das Lächeln und seine Lippen schließen sich leicht ausgebeult über den Zähnen. Er ist definitiv ein Kobold, also ein hervorragender Dartspieler.

Bei einem Spiel Loops and Bumpers kann er einen Dart dreimal in den Unendlichkeitsgürtel werfen. Bei Cricket hat er hundertfünfzig Punkte Vorsprung, bevor ich vier Sätze abschließe. Grippy ist eindeutig der Dartkönig von Ector. Er kann ein Lederstück in drei Würfen zerfetzen, wenn das Spiel es verlangt. Selbst wenn der Rauch im Schankraum so dick wird, dass Barkus ihn aus dem Fenster fächeln muss, damit wieder Platz für frische Luft ist, trifft Griphurk immer noch ins Schwarze. Und wenn eine Rauferei so eskaliert, dass die Wände wackeln, bleibt er weiter konzentriert. »Muss veiterrrspiel'n«, krächzt er dann. Selbst eine halbe Maß Schläfersaft zeigt bei ihm keine Wirkung.

Nur der blasse Tom und Carmen haben überhaupt eine Chance gegen ihn. Und ich würde wetten, dass der blasse Tom die Dartpfeile so einschüchtert, dass sie einfach fliegen, wie er es verlangt. So furchteinflößend sieht er abends aus, wenn er in seiner Ecke verschwindet, mit seinem schwarzen Umhang, der das Licht schluckt wie die Innenseite eines Fledermausdarms.

Carmen spielt mit der ruhigen Hand einer Näherin,

die seit Jahren feinste Stickarbeiten für hohe Damen anfertigt, sofern sie sich für einen Auftrag nach Unterector trauen. Sie hat ihr Atelier nebenan, weil die Miete hier günstig ist und sie sich einen Laden nördlich des Königstors nicht leisten kann.

Carmen hat glänzende, rote Locken, die ihr bis über die Schultern fallen, und ein wunderschönes Gesicht, das ich mir den ganzen Abend ansehen könnte. Normalerweise beobachte ich sie, und alle anderen auch, von dem Querbalken, der unter der Decke verläuft – es sei denn, sie bittet mich um ein Freundschaftsspiel. Der Querbalken ist der sicherste Ort im ganzen Wirtshaus, vom Qualm mal abgesehen, weil ich der Einzige bin, der ohne Leiter dort hochkommt.

Petri greift über die Theke und stößt mich an. »Hey ... Tees, ich rede mit dir!«

»Aua.« Ich reibe die Stelle, an der er mich erwischt hat. »Gegen wen spielt er denn?«

Jedenfalls nicht gegen Carmen oder Tom, so viel ist sicher. Carmen hatte in den letzten Wochen eine wichtige Auftragsarbeit und der blasse Tom beseitigt wahrscheinlich gerade das Chaos, das ich in der dritten Etage seines neuen Hauses hinterlassen habe. Oder das Chaos, das *er* auf dem Boden eines anderen hinterlassen hat.

»Ist das nicht egal, Tees? Es geht schließlich um Griphurk.«

Natürlich musste Griphurk sich ausgerechnet *diesen*

Abend aussuchen, an dem ich bei Pan geschworen habe, meinen Penny nicht zu verschwenden.

»Nein, ist es nicht«, sage ich.

Petri deutet auf die Kellertür, als er sieht, dass ich zögere. »Großer, fröhlicher Kerl. Nicht von hier.« Petri reibt sich die Hände auf eine schmierige Art und Weise und zwinkert mir zu. »Ist mit Lucinda runter in den Keller gegangen, um ihr mit dem Bier zu helfen.«

»Verstehe.«

Petri scheint überzeugt davon, dass der Fremde nicht alle Tassen im Schrank hat, und ich teile seine Meinung. Es gibt mehrere Gründe, warum Lucinda einen Fremden bitten würde, ihr mit den Dunkelbierfässern zu helfen, und sie haben nichts mit meiner mickrigen Größe oder Petris Krüppelbein zu tun. Dort unten ist es dunkler als am Tor zur Hölle. *Alles* kann dort passieren.

Barkus hätte die gerissene Schankmagd schon längst rausschmeißen können, schließlich bestiehlt sie die Gäste direkt vor seiner Nase. Aber sie ist eine der wenigen, die sich gegen die Kundschaft behaupten kann, ohne mit den hübschen Wimpern zu zucken. Ich habe mit eigenen Augen gesehen, wie sie Männer, die doppelt so groß waren wie sie, achtkantig rausgeschmissen hat, ohne einen einzigen Tropfen Dunkelbier zu verschütten.

Natürlich gibt es noch mehr Gründe, warum man Lucinda gern haben muss. Wenn ihre Stimme und ihre reizvollen Kurven einen nicht beeindrucken, dann bestimmt ihr großes Herz: Sie gibt die Pennys, die sie stiehlt, oft an die Waisenkinder im Hinterhof weiter, wenn sie sich unbeobachtet fühlt, selbst an die, die für Barkus arbeiten. Hier heiligt der Zweck also die Mittel. Als jemand, der als Beschaffungskünstler arbeitet – so nenne ich das, was ich tue, um nicht hungern zu müssen – finde ich das hochanständig.

Woran ich aber nichts Anständiges finden kann, ist, wenn jemand Lucinda mit seinem Geldbeutel in den dunklen Keller folgt. Ich schiebe meinen letzten Damenpenny über die Theke und er gleitet mit einem melodischen Klingen über die Holzmaserung. (Mein Magen protestiert.) »Ich bin dabei.«

Petri blickt auf meinen Bauch und lächelt. »Wird nicht lange dauern.« Seine Zunge lugt dabei zwischen seinen Vorderzähnen hindurch. »Dann kannst du dir was zu essen kaufen und Feierabend machen, es sei denn, du hast sonst noch was für mich.«

Ich schüttele den Kopf. Mein bestes Angebot hat er ja schon abgelehnt.

Dann sieht er die Münze. »Ist das alles, Tees? Grippy spielt und alles, was du wettest, ist ein Federgewicht?« Die Verachtung in seiner Stimme schwappt über die Theke zu mir herüber.

Ich zucke betreten mit den Schultern. »Den Rest hab ich im Haus zurückgelassen.« Ich sage nicht, in welchem Haus.

Petri schüttelt den Kopf.

»Okay ... *ein Damenpenny* auf Griphurk.« Er betont

sowohl den Wert als auch, dass es nur einer ist, als er meinen Einsatz aufschreibt. Die Münze verschwindet in seiner Buchmacherkiste.

»Vielleicht solltest du besser den alten Laden deiner Frau wieder aufmachen«, scherzt er. »Du könntest das Doppelte verdienen, wenn du den Armen unter der Königsbrücke billige Schuhe verkaufst.« Er lacht ein gemeines Lachen. »Das wär' doch lustig.«

Der Laden meiner verstorbenen Frau. Mir schießt das Blut ins Gesicht, aber ich kann es mir nicht leisten, es mir mit ihm zu verscherzen. Er ist der beste Hehler in ganz Ector.

Es rumpelt.

Lucinda kommt aus dem Keller, einen Mann im Schlepptau mit so strahlend blauen Augen, wie ich sie noch nie gesehen habe. Er steigt hinter ihr die Treppe hoch, völlig unbeeindruckt von Lucindas schwingenden Hüften, ein breites Grinsen im Gesicht, obwohl er auf einer Schulter zwei volle Dunkelbierfässer und auf der anderen ein drittes balanciert.

Lucinda tritt zur Seite, um ihn vorbei zu lassen. Ihr Gesicht ist hochrot und sie beißt sich verärgert auf die Unterlippe. Ihre goldenen Locken schwingen hin und her und sie hat ganz offensichtlich nicht bekommen, worauf sie es angelegt hatte, obwohl er ihr den halben Weinkeller hinterherträgt.

Er ist groß, braungebrannt, mit einem kantigen Kinn, das jahrelanges Essen erfordern würde, wollte man daraus ein Doppelkinn machen. Er hat wagenradbreite Schultern, die nach unten hin zu einer schmalen Taille verlaufen. Der Boden knarzt unter der geballten Last von ihm plus den Fässern. Ich höre ihn leise atmen, wie einen geduldigen Blasebalg, und sehe den verkrusteten Matsch an seiner Reiterhose, die dringend eine Wäsche nötig hätte. Hellbraunes Haar hängt ihm in verschwitzten Locken bis über die Ohren und umrahmt eine Durchschnittsnase und diese strahlend blauen Augen.

Er bewegt sich mit einer Eleganz, die mir zunächst nicht aufgefallen ist – er kann sicher mit Waffen umgehen. Nicht wie ein Raubtier, aber es zeugt von Kontrolle und Kraft, wie er die Fässer für Lucinda auf der Theke abstellt. Als er sich umdreht, sehe ich, dass er tatsächlich ein Schwert am Gürtel trägt.

Wenn Grippy gegen irgendjemanden nach reinen Äußerlichkeiten verlieren könnte, dann gegen diesen Prachtkerl. »Am besten mischst du ihm was in seinen Becher«, flüstere ich unauffällig. Petri tut so, als hätte er mich nicht gehört.

Der Prachtkerl hat Lucindas Hüften vielleicht keines Blickes gewürdigt, aber er bemerkt mich auf meinem abgenutzten Sitzplatz an der Bar. Er nickt mir zu.

»Bist du Griphurk?« Er streckt mir einladend die Hand hin.

»Teemus Rechaud«, sage ich ernst. »Passiver Beobachter.«

»Magnus Palaidus. Opfer.«

Ich würde gerne sagen, dass wir uns die Hände schütteln, aber eigentlich schüttelt er eher mich.

»Bist du Schreiber?« Ich kann es nicht lassen. Es rutscht mir einfach so heraus.

Sein Lächeln wird breiter. »Nur von Charakterstudien interessanter Menschen, denen ich begegne.« Er sieht mich fragend an.

Ich zucke mit den Schultern. »Du hast Schwielen an deinem dritten Finger. Das sieht man hier nicht oft.«

In aller Ruhe betrachtet er seine Hand und lacht dann leise auf. »Ich fass' es nicht.«

Lucinda klopft mir mit ihrer leicht gebräunten Hand auf die Schulter. Instinktiv greifen meine Finger an meinen Geldbeutel, obwohl der ja leer ist.

»Tees ist unser bester Beschaffungskünstler«, sagt sie. »Absolut unauffällig, aber in einem Raum voller Fälschungen findet er immer das, was Wert hat.«

Ich lächle, obwohl ihre Hand in meinem leeren Geldbeutel steckt. Beides nette Komplimente, beide unverdient.

Magnus' Gesicht verfinstert sich. »Es wäre mir eine Handvoll Münzen wert, wenn diese Beschreibung auf mich passen würde.« Er deutet auf die Muskelstränge in meinen Unterarmen. »Ich wette, du kannst schneller auf die Stadtmauer klettern, als ein Nachtschatten braucht, um seinen Dolch zu ziehen.«

Ich zucke zusammen. Das Kompliment ist näher an der Wahrheit, als mir lieb ist.

Aber Magnus starrt an mir vorbei, als eine Erinne-

rung vor seinem inneren Auge vorbeizieht. »Die West-
mauer von Byzantus runter, während uns Pfeile wie
Hagel um die Ohren flogen.« Magnus geht nicht weiter
ins Detail und wir fragen nicht nach.

Lucinda schaut mich nervös an. Niemand, der
Byzantus auf diese Art und Weise verlassen musste,
sollte in Ector Rast machen, sondern tunlichst weiter-
laufen, bis zwischen ihm und der Stadt mindestens
sechs große Flüsse liegen.

»Es überrascht mich, dass du ausgerechnet hierhergekommen bist«, versucht Lucinda zu scherzen, aber sie
hat die Stirn in besorgte Falten gelegt.

Magnus nickt und gibt damit zu, dass er die Nachtschatten angestachelt hat. »Ich bin erschöpft. Mein
Pferd ist erschöpft.« Er dehnt seinen Hals, während er
sich umsieht. »Ich würde mich ihnen lieber irgendwo
drinnen gegenüber sehen als draußen in einem dunklen, matschigen Lager.« Seine Hand rutscht unwillkür-
lich zum Knauf des riesigen Schwertes, das an seiner
Seite baumelt, dann hellt sich sein Gesicht auf. »Aber
ich habe etwa zwölf Stunden Vorsprung.«

Lucinda reißt die Augen auf, als ob sie jemand
geohrfeigt hätte. Niemand legt sich mit Nachtschatten
an. Und ein Zwölf-Stunden-Vorsprung reicht längst
nicht aus, um ungeschoren davonzukommen.

Ich stelle meinen Wasserbecher vorsichtig ab, als
Magnus seinen Krug in einem Zug leert. »Was machst
du beruflich, Magnus?«, frage ich. »Söldner? Klöppler?
Steuereintreiber?« Die mag ich am wenigsten, aber es

sind die Einzigen, die dumm genug sind, sich mit Nachtschatten anzulegen.

Magnus lacht leise. »Soldat und Priesteranwärter. Pater Jeremias sagt, ich muss ein Jahr lang Erfahrungen mit Menschen sammeln, bevor er mich salbt.« Er reibt Mittelfinger und Daumen aneinander. »Daher die Schwielen.«

»Nur *ein Jahr*?« Petri prustet vor sich hin, aber er bedient gerade einen Gast am anderen Ende der Theke, deshalb bemerkt Magnus es nicht.

»Und was schreibst du über mich?«, frotzelt Lucinda.

»Weiß ich noch nicht.« Magnus zuckt die Schultern. »Pater Jeremias will, dass ich einen echten Bösewicht finde, aber bislang hatte ich kein Glück. Bist du vielleicht einer?«

»Ja, klar.«

Magnus lacht. »Das bezweifle ich. Jeder trägt irgendetwas Gutes in sich, Lucinda.«

»Du kannst ja mal versuchen, es bei mir zu finden«, flirtet sie. »Ich bin eine ganz Schlimme.«

Eine Fliege schwirrt um ihre nackte Schulter herum. Als Lucinda sie verscheuchen will, beugt Magnus sich zu ihr hinüber, um die Fliege aus der Luft zu fangen. Lucindas Lippen bleiben halb offen, und sie schürzt sie selbstbewusst, als sie merkt, wie nahe er ihr ist.

Magnus wird rot und tritt einen Schritt zurück. »Fliegen verbreiten Krankheiten.«

»Aber nicht von mir«, zwinkert sie.

»Nein, von dir bestimmt nicht«, stimmt er zu und wird dabei noch röter vor lauter Verlegenheit. »Von fremden Menschen. Fremde Krankheiten.« Er rennt praktisch zur Tür, um die Fliege im Regen freizulassen, als ob das noch was bringen würde, nachdem sie in seiner Pranke gefangen war.

Ich bilde mir ein, meinen Penny in Petris Wettkiste vor Angst schlottern zu hören. Auch ohne die Zielsicherheit, mit der Magnus die Fliege gefangen hat, bringt allein eine Spannweite wie seine eine Handvoll Punkte.

Als er die Tür nach draußen öffnet, schlüpft der blasse Tom hinein und schreckt zurück, als Magnus an ihm vorbeigeht. Im Vergleich zu Tom ist Magnus riesig und so leuchtend hell wie Toms Mantel dunkel ist. Tom zögert und späht hinaus in den Regen, als er die Tür schließt; seine rechte Hand verweilt kurz auf dem Griff. Aber Tom sagt erst etwas, als er den Regen abgeschüttelt hat und zu Petri hinüberschlendert, der mit seiner Wettkiste beschäftigt ist.

Sein kratziger Tenor hört sich an wie Nägel auf einer Schiefertafel und ich bilde mir ein, dass er mir zunickt, obwohl er mit Petri spricht. »Ich hab gehört, hier findet ein Spiel statt!«

Petri nickt.

»Reichen fünfzig Königstaler?«

Petri fällt fast von seinem Hocker. Die Lässigkeit, mit der Tom mit Geld umgeht, macht einem fast so viel Angst wie seine Faszination mit dem Tod. Und wenn er herausfindet, dass Magnus in Byzantus gewesen ist, bekommen wir Schwierigkeiten. Oder wenn er herausfindet, dass ich aus Versehen in sein Haus eingestiegen bin. Oder wenn ...

»K-k-klar.« Petri wird blass. Ich wette, er würde seine Wette auf Grippy gerne zurückziehen, aber wenn das Geld einmal in der Kiste ist, dann bleibt es auch da.

Ich versuche, Toms Blick standzuhalten, als er mich ansieht, aber leicht ist das nicht. Die Augen unter seinem Umhang glitzern wie Smaragde. »Erfolgreicher Abend, Tees?«

»Nein. Jemand ist mir zuvorgekommen.« Meine Stimme bleibt ruhig. »Und bei dir?«

»Pah.« Er hustet bedeutsam. »Ich habe es satt.« Er fixiert mich plötzlich gierig und seine Stimme wird leiser. »Hast du jemals drüber nachgedacht ...«

»Nein.«

Ich flüstere nur, aber Tom scheint das zufriedenzustellen.

»Wirklich schade,« seufzt er. »Weißt du, man sollte sich nicht zur Ruhe setzen, ohne einen Nachfolger zu haben. Und bei deinem Talent ...«

Manche Leute glauben, dass jemand, der Geldbeutel stiehlt, keinen Deut besser ist als jemand, der dir sein Messer in den Bauch rammt. Aber ich verspreche euch, dass Tom und ich keinerlei Gemeinsamkeiten haben. Jeder, der das behauptet, hat wahrscheinlich noch nie einen Nachtschatten getroffen. Nachtschatten können Nieren aufschlitzen, ohne dass der Eigentümer etwas davon bemerkt. Sie haben Messer, die dünner sind als Dietriche und durch das Auge ins Gehirn gleiten, ohne eine einzige Spur zu hinterlassen. Bis auf die, dass man dann tot ist, natürlich ...

Letzten Winter hatte ich einen Kunden in der Oberstadt, der ein paar peinliche Briefe geschrieben hatte und wollte, dass ich sie zurückhole und vernichte. Ich verbrachte also den Abend damit, mich durch die lose Fliese auf dem Dachboden des Herrenhauses zu arbeiten und hatte gerade die Tür zur Studierstube erreicht, wo die Briefe aufbewahrt wurden, als ich ein Geräusch hörte – ein Hauch wie eine Knochensäge. Also wieselte ich hinter eine Rüstung, gerade rechtzeitig, um jemanden mit einem Umhang vergnügt durch den Flur tänzeln zu sehen: kein Zweifel, das war der blasse Tom. Als ich mich schließlich traute, nach den Briefen zu suchen, fand ich sie auf den Leichen von zwei Händlern und vier bewaffneten Wachen.

Der blasse Tom ist der Nachtschatten der Nachtschatten.

Petri hat ebenfalls Erfahrung mit Nachtschatten – aber er behält sie für sich. Ich frage mich, ob er deshalb so nervös ist. Ohne ein weiteres Wort nimmt er Toms Geldbeutel und Tom verschwindet in seinem Lieblingssessel, um dort auf den Beginn des Spiels zu warten. Petri zählt zweimal nach und schreibt den Goldwert mit zitternden Händen in sein Buch. Tom betrügt man besser nicht. »Was für ein Abend«, murmelt er.

2

Ich atme langsam aus und drehe mich zu Lucinda, um sie nach ihrem neuen Freund auszufragen. »Was weißt du über Magnus?«, will ich wissen.

Lucinda mosert irgendwas von einem verrückten Orden heiliger Ritter, aber ihre aufgesetzte Miene trägt einen Hauch von Sehnsucht. Sie hat einen Blick für begehrenswerte Dinge. Mich sieht sie nie so an. Wenn ich es mir recht überlege, hat sie noch nie jemanden so angesehen.

Bis jetzt jedenfalls.

Das fällt auch Petri auf. Er schnüffelt natürlich mal wieder. Petri schnüffelt ständig. Als er gerade eine abfällige Bemerkung machen will, rutscht eines der Bierfässer plötzlich ohne nachvollziehbaren Grund von der Theke. Sowohl Petri als auch das Fass landen auf dem Boden, Petri untendrunter. Mir entgeht nicht, dass das Fass nicht zerbricht und dass Petri das süffisante

Grinsen auf Lucindas Gesicht nicht sieht, als sie aufspringt, um auszuschenken.

Ich wende mich ab. Es gehört sich nicht, seinem lahmen Buchmacher dabei zuzusehen, wie er sich mühsam wieder aufrichtet.

Auf dem Rückweg zur Theke entkommt Magnus durch einen Wink zu mir einer Einladung der dicken Madame Boucher, ganz offensichtlich erleichtert, dass er mich vorschieben kann.

Die dicke Witwe zwinkert ihm zu. Als er sich wegdreht, reflektiert seine Schulter das Licht des Kronleuchters. Metallischer Faden. Interessant.

Und noch interessanter ist es, dass er sich nicht zur Madame gesetzt hat. Sie ist dafür bekannt, sehr ... freundlich zu sein.

Mit vier schnellen Schritten ist Magnus zurück und greift über die Theke, um das Fass hochzuheben.

Petri sagt nicht einmal danke, aber er humpelt in die Küche, um etwas zu essen für Magnus zu holen.

»Hast du da einen Splitter?«, frage ich.

»Was?«

Ich zeige auf seine Hand und er dreht sie um.

»Oh!« Er sieht die vier winzigen Blutstropfen. »Das muss von den Bierfässern sein.«

»Ich würde ja wetten, von der Eingangstür«, sage ich. »Die Bierfässer werden besser behandelt.«

Ich spüre Toms Blick, spottend und giftig.

Meine Stimmung verschlechtert sich. Ich konzentriere mich auf Magnus, der gerade versucht, das, was ich für kleine Giftstachel halte, mit seinen stumpfen, sauber geschnittenen Fingernägeln aus seiner Hand zu pulen.

Als ob das funktionieren würde.

»Hör auf«, sage ich. »Du drückst sie nur weiter rein.«

Ich verrate ihm nicht, dass er in Schwierigkeiten steckt. Das würde alles nur komplizierter machen. Stattdessen greife ich in meine Westentasche und hole eine kleine Eisenzange hervor. Die benutze ich normalerweise für andere Dinge, aber irgendwie kann ich es nicht mit ansehen, wie dieser riesige, leichtgläubige Dummkopf einfach stirbt, nur weil Tom auf solch makabre Dinge steht.

Die Giftstachel rauszuziehen, löst das Problem nicht, aber es ist ein erster Schritt.

»Gib mir deine Hand.«

Magnus sieht die Zange und zieht eine Augenbraue hoch, als er kurz überlegt, ob er mir trauen kann.

Also drücke ich die Zange mit einer übertriebenen Bewegung zusammen und tue so, als ob ich an etwas ziehe.

Er entspannt sich und reicht mir seine Pranke. »Alle in Deckung!«, scherzt er.

Ich brauche nicht mal vier Sekunden.

»Wow. Das war schnell!«, sagt er. »Danke!«

Magnus bemerkt nicht, dass ich die Giftstachel einstecke und auch nicht das kleine Tuch mit den vier Blutstropfen, oder dass meine Hand dabei unmerklich zittert. Ich hatte schon mal das Vergnügen – die Reichen in Ector haben für uns Beschaffungskünstler nicht besonders viel übrig – aber »Schach spielen« mit dem blassen Tom macht mich immer ein bisschen zittrig. Magnus ist vergiftet worden; dessen bin ich mir sicher. Und das nach nicht mal einer Stunde in der Schwarzen Katze.

Erst jetzt riskiere ich einen Blick zu Tom, der mir ein geisterhaftes Lächeln schenkt, bevor er wegsieht und wieder in den Schatten verschwindet. »Glaubst du, dass der Schwächling das wert ist?«, scheint er zu sagen. »Wie du meinst.«

Tom ist es egal, ob irgendein Idiot, der zum ersten Mal in Ector ist, in der Schwarzen Katze stirbt, aber es bereitet ihm ein perverses Vergnügen, mir dabei zuzusehen, wenn ich mich unwohl fühle.

Ich bin schlau genug, ihn nicht darauf anzusprechen. So lange ich keine Szene mache, bin ich wahrscheinlich sicher, weil er ja bekommen hat, was er wollte: eine Reaktion. Wenn er wirklich gewollt hätte, dass Magnus stirbt, wäre es schon vorbei.

Aber wenn ich Magnus jetzt nicht rette, ist die Sache gelaufen.

Petri kommt mit dampfendem Gemüse und Fleisch zurück, das über den Tellerrand quillt. »Du hast die Einladung von Madame Boucher abgelehnt?«, fragt er neckend.

Entweder ist das Essen zu heiß oder Magnus wird schon wieder rot. »Sind alle Damen in Ector so, äh ...«

Magnus bricht ab, als er nach einem angemessenen Wort sucht.

»Nein, aber sie sind alle hartnäckig«, antwortet Petri trocken.

»Den Eindruck habe ich auch.« Magnus sagt das vorsichtig, während er ein weiteres Stück von seinem Riesensteak abschneidet. »Hast du Hunger, Tees?«

Mein Starren ist ihm wohl aufgefallen. Von so viel Fleisch könnte ich eine ganze Woche lang satt werden. Sein unschuldiger Blick geht mir auf die Nerven.

»Ich esse nachher zu Hause«, lüge ich. ›Zu Hause essen‹, heißt so viel wie ›ich esse nichts, damit meine Kinder genug haben‹. Mein Magen, der alte Verräter, grummelt vernehmlich.

Magnus lacht. »Dein Magen ist da anderer Meinung.« Er wirft Petri eine Münze hin. »Noch mal das gleiche für ihn«, sagt Magnus und deutet auf seinen Teller. »Mit diesem Brot, das immer sofort verschwindet.«

Petri grinst in meine Richtung und humpelt in die Küche, um die Bestellung aufzugeben.

»Du kannst ja einfach noch mal essen, wenn du nach Hause kommst«, sagt Magnus mit einem Zwinkern. »Zwei warme Mahlzeiten an einem Tag können nicht schaden.« Er strahlt mich an. »Ich kenne euch Wandkletterer. Ihr esst wie die Scheunendrescher.« Er hält seine Gabel auf halbem Weg zum Mund. »Hast du Kinder?«

Ich nicke und hoffe, dass er es mit seiner Nächstenliebe nicht übertreibt. Ich habe schließlich meinen Stolz.

»Eins? Zwei?« Er schaufelt sich Kartoffeln in den Mund und kaut nachdenklich.

»Zwillinge.« Timnus und Valerie. Sie sind fast alt genug, um auf sich selbst aufzupassen, was sie deshalb auch oft tun. Sarah ist gestorben, als sie noch auf kurzen Beinchen durch die Küche wankten. Alles, was ich neben meinem Stolz noch habe, sind diese beiden unbezahlbaren Schätze, eine Schusterei ohne Schuster und einen Haufen Schulden. Daher auch mein Beschaffungsjob.

Bevor Magnus wirklich schmerzhafte Fragen stellen kann, watschelt Barkus aus der Küche und zur Dartscheibe hinüber. Die Menge verstummt und hört auf, die Schankmägde zu belästigen.

Magnus und ich setzen uns von der Theke zu Martel an den Tisch, der immer noch vor sich hin schnarcht. Seine Ausdünstungen und die sehr reale Gefahr, dass er seinen Mageninhalt über seine Tischnachbarn verteilt, haben seinen Tisch freigehalten. Magnus tut so, als würde er den Gestank nicht bemerken und ich habe schon Schlimmeres ertragen ...

»Heute Abend, meine Damen und Herren, haben wir ein außergewöhnlich spannendes Spiel für Sie«, verkündet Barkus, als wir Platz genommen haben. »DREIMAL Cricket! ZWEIIIMAL 1001! EINNNMAL Loops und Bumpers, falls es ein Unentschieden gibt!«

Barkus ist allgemein wenig begabt, aber er ist ein

Meister der Unterhaltung. Die Menge klopft schon aufgeregt auf die Tische, bevor er mit dem ersten Satz fertig ist.

»Meine Damen und Herren in der Schwarzen Katze, bitte begrüßen Sie mit mir unsere Spieler: Magnus Palaidus aus der Fortrus Abtei, den blassen Tom Leblanc von Maudark, und unseren GANZ. EIGENEN. DARTSCHAMPION. GRIPHURK RAZLENOK!«

Donnernder Applaus dröhnt durch den Schankraum. Mir wird etwas schwindelig und ich konzentriere mich auf den Kronleuchter an der Decke, von dessen gelben Kerzen heißes Wildschweinwachs tropft. Ich stelle mir vor, wie der Applaus die Ketten knirschen lässt, genauso wie ich, wenn ich der Schwarzen Katze jenseits der Sperrstunde einen Besuch abstatte.

Jetzt, wo alle abgelenkt sind, ziehe ich mein *Lackmus* heraus sowie mehrere kleine Fläschchen mit alchemistisch behandelten Leinenfetzen, mit deren Hilfe ich verschiedenste Unannehmlichkeiten bestimmen kann, die mir von Zeit zu Zeit begegnen. Sie werden mir – hoffentlich – dabei helfen, Toms Gift zu identifizieren.

Wie von allen Vorräten habe ich auch von diesen nicht mehr viel, aber ich drücke sie auf die blutigen, kleinen Giftstachel, die Magnus für Splitter gehalten hat. Einer allein würde wohl nicht reichen, um ihn umzubringen, aber Magnus hat mit seiner Pranke gleich vier davon angefasst.

Tom verwendet oft Gift. Das ist eine seiner Spezialitäten. Ich habe ihn schon öfter dabei beobachtet, wie er die Apotheken abklappert und die Kräuterkenner nach ihren Geheimnissen ausfragt. Man sieht eine ganze Menge, wenn man einfach nur hinschaut.

Wenn ich mir Magnus so an der Dartscheibe ansehe, kann ich Lordmort und Nieswurzblüte auch ohne *Lackmus* ausschließen. Magnus windet sich schließlich nicht auf dem Boden oder beschwert sich, dass Taubheit seinen Arm hinaufkriecht. Diese beiden Gifte passen sowieso nicht zu Tom. Wenn es um Gift geht, ist Tom raffinierter.

Sternnessel, zum Beispiel, macht sich erst nach ein oder zwei Stunden bemerkbar, wenn die Adern anfangen zu pochen und das Opfer am ganzen Körper Nadelstiche spürt. Geigenfeige färbt die Adern im Gesicht grün. Schädelweiß erhöht langsam den Pulsschlag. Es verbessert die Sehkraft und die Kontrolle über den eigenen Körper, aber tötet sein Opfer ganz plötzlich zwei oder drei Stunden nach der Einnahme. Standard-Nesselgift – wie konzentriertes Gelbschwert – tötet innerhalb einer Stunde, oder früher, wenn man ›körperliche Anstrengungen‹ ausführt, zum Beispiel als Beschaffungskünstler.

Also ist es wahrscheinlich eines dieser vier. Es gibt noch weitere, aber Gelbschwert ist das Häufigste. Es kann auf fast allen spitzen Gegenständen verabreicht werden, nicht nur auf Giftstacheln. Auch auf Dolchen, Pfeilen, Stecknadeln und Griffen. Auf allem Möglichen.

Ich nutze einen *Lackmus* pro Blutfleck auf dem Gewebe und warte. Hoffentlich hat Tom das Gift nicht selbst zusammengemischt. Ich bin schließlich kein verfluchter Apotheker und habe auch keine Zeit, mir einen zu suchen.

Magnus ist völlig ahnungslos und komplett in das Lieblingsspiel der Wirtshausbesucher vertieft. Er und die anderen beiden Wettkämpfer stehen an der Wurflinie, wie die drei Halbgötter der ectorianischen Legenden: Tenebrus, umgeben von wabernder Dunkelheit; der zierliche, aber berechnende Giranna mit seinen blitzenden Augen; und Pan, aufrecht unter dem Heiligenschein der Gerechtigkeit, dabei ist das wahrscheinlich eher das Kerzenlicht, das seine metallenen Nähte reflektiert.

Ruhe kehrt ein, als die Spieler sich aufstellen. Ein Schaudern geht durch die Menge, wie ein Lüftchen über einen stillen See. Und dann wirft Griphurk. Ein Wurf folgt direkt auf den anderen. Eins. Zwei. Drei. Und alle drei Dartpfeile stecken im Schwarzen. Magnus' begeistertes Pfeifen geht im allgemeinen Applaus unter. Eigentlich zeigt Griphurk keinerlei Regung, aber heute zittert seine Unterlippe und der normalerweise grimmige Zug um den Mund wird für einen kurzen Moment zu einem Lächeln.

Magnus wirft mit Bedacht und scheint sich dabei stärker zu konzentrieren als die beiden anderen, wie jemand, der das Spiel noch nicht lange spielt. Das Ergebnis ist allerdings nicht weniger beeindruckend.

Die Wettkämpfer stacheln sich gegenseitig an. Arme wedeln. Federn tanzen in der Luft. Mäntel glänzen im

Kerzenlicht. Die Menge pfeift anerkennend. Barkus bringt neue Pfeile, wenn sich die Federn der alten lösen.

Schließlich gibt Magnus auf. Grippy ist so weit vor ihm, dass es nicht mal reichen würde, die 19er zu schaffen. Diesen Vorsprung kann er nicht mehr aufholen. »Du hast gewonnen«, sagt er und tritt von der Wurflinie zurück.

Dann ist der blasse Tom dran, der seine Pfeile in tödlicher Stille wirft, was klingt wie das Klappern von Fensterläden im Wind. Das blasse Kinn, das unter der Kapuze hervorsticht, zeigt keine Regung, keinen Kommentar, bis auf die Ironie, dass der Mann im schwarzen Mantel Grippys Strategie gegen ihn verwendet und die Würfe mit der höchsten Punktzahl zumacht, bevor Grippy sie selbst nutzen kann. Der zieht zwar wieder nach, aber es reicht nicht.

Ich bekomme von dem Spiel allerdings nicht viel mit. Ich habe nur Augen für das Steak und die Kartoffeln, die Magnus mir bestellt hat. Mir läuft das Wasser im Mund zusammen, als ich das gedämpfte Gemüse sehe, noch während ich ein Stück Steak kaue. Das verschwindende Brot verschwindet in meinen Taschen.

»Ich sollte wirklich gehen«, murmele ich zwischen zwei in Butter gebratenen Karotten. Ich habe ein schlechtes Gewissen, weil ich die Großzügigkeit eines Mannes ausnutze, der nur so zum Spaß vergiftet worden ist. Und ich weiß immer noch nicht, ob ich es rückgängig machen kann.

Und trotzdem esse ich. Der *Lackmus* braucht nämlich eine Weile, um zu wirken.

Lucinda bringt mir mein Standardgetränk, obwohl ich nicht an einem ihrer Tische sitze. Es schmeckt wie Wasser mit Most-Bodensatz, wahrscheinlich weil es genau das ist. Das kann ich mir leisten – es ist nämlich umsonst. »Petri hat erzählt, dass du auch gewettet hast.« Sie sieht mich nicht an, während sie mit mir spricht.

»Ja.« Ein Stück Brokkoli hat sich zwischen meinen Zähnen verkeilt.

Lucinda nickt kurz, bleibt aber stehen. »Und, was denkst du?«

»Ich habe das Gefühl, du möchtest heute Abend lieber auf dieser Seite ausschenken.«

»Werd nicht frech, Tees«, warnt sie mich. Aber sie weiß, dass es eine reine Beobachtung ist, und ich mich im Gegensatz zu Petri nicht über sie lustig mache. Sie beobachtet Magnus, der wiederum die beiden Werfer beobachtet und sie genauso laut anfeuert wie der Rest der Gäste. »Im Ernst, was denkst du?«

»Dass ich meinen Damenpenny auf jeden Fall verlieren werde.«

»Nein, über Magnus.«

Ich zeige auf den leeren Teller vor mir und schaue ihr in die Augen. »Er ist anständiger als die meisten hier in Ector. Und naiv. Jemand sollte ein Auge auf ihn haben.«

Einer der älteren Männer verlangt lautstark mehr Dunkelbier.

»Halt die Klappe, Gerald!«, schnauzt Lucinda und blickt ein letztes Mal zu Magnus, während sie zur Bar geht, um einen besonders großen Krug zu füllen.

Ich schaue auf die Uhr, und hoffe auf Sternnessel. Das Gegengift wirkt schnell und schmerzlos und ich kann es einfach über den Rest seines Essens streuen, ohne dass er es merkt. Aber das Stoffstück für Sternnessel hat sich nicht rauchig verfärbt, ebenso wenig wie das für Nesselgift. Schließlich bestätigen sich meine schlimmsten Befürchtungen: Das letzte Stück wird zu wütendem Lila. Schädelweiß.

Als ich aufsehe, grinst Tom mich an, als ob er mich dazu herausfordert, Magnus das Gegengift zu geben, und jetzt bin ich sicher, dass es einer seiner kranken Scherze ist. Das passiert nicht zum ersten Mal. Tom findet Schädelweiß lustig, weil es zunächst Magnus' Fähigkeiten verbessert, und Grippy in Schwierigkeiten bringt. Das Gegengift – schwarzer Granatapfel – hat den gegenteiligen Effekt.

Das weiß ich, weil ich es schon mal genommen habe und weil Barkus es manchmal verwendet (wenn ich auch da bin), um besonders schwierige Gäste zu beruhigen. Schwarzer Granatapfel haut rein wie ein Pferdetritt und knipst alle Lichter aus. Die Betroffenen verlieren jeglichen Wunsch zu trinken oder zu raufen oder Dart zu spielen.

Ich überlege. Ich habe das Gegengift, aber wenn ich es zu früh verwende, wird Tom vielleicht sauer. Stellt er mein Mitleid nur auf die Probe, oder geht es ihm auch um den Kick?

Jemand, der so viel auf ein Dartspiel setzt wie er, will den Einsatz in die Höhe treiben. Wenn ich Magnus helfe und er dann schlechter spielt ...

Ich zögere und wäge meine Optionen ab. Schädelweiß ist tödlich, aber langsam, und das Gegengift wirkt schnell. Wenn ich es Magnus jetzt verabreiche, vergiftet Tom ihn vielleicht erneut und dann muss ich gut schätzen können. Ein zweites Gegengift verstärkt die Nebenwirkungen um das Zwei- oder Dreifache. Und es ist schwierig, einzuschätzen, wie gut Magnus das alles verträgt.

Geduld scheint mir hier angebracht. Also warte ich. Tom grinst.

Das Spiel geht weiter und Magnus zeigt, dass er die Regeln des ectorianischen Dartspiels schnell gelernt hat. Gegen den blassen Tom hat er das Schwarze aus dem Spiel genommen, womit er ordentlich Punkte gesammelt hat. Diese Runde wird er mit Leichtigkeit gewinnen. Wenn das noch lange so weitergeht, kann Tom mir jedenfalls nicht vorwerfen, dass ich das Spiel beeinflusst habe.

Cricket ist ein schnelles Spiel und Magnus grinst, als er zum Tisch zurückkehrt. Er nimmt die Gabel in die Hand und sticht sie tief in das kalt gewordene Essen. »Kein Wunder, dass ich dafür bezahlen musste, hier mitzumachen. Ihr nehmt das wirklich ernst.«

Ich nicke. »Nur wenn Griphurk da ist.«

»Und der Mann mit dem schwarzen Umhang?«

»Der blasse Tom? Bei dem auch. Hast du gesehen, wie er auf deine Nähte geschaut hat?«

»Nein.« Magnus tut die Frage ab und stiert nachdenklich in die Luft. »Tom heißt er, sagst du?«

»Eigentlich Thomas«, sage ich neugierig. »Zumindest ist er unter diesem Namen in der Präfektur gelistet.«

Aber Magnus verfolgt die Frage nicht weiter. »Wie sieht's aus für mich?«

Es ist offensichtlich, dass er ein bisschen Bestätigung braucht.

»Wahnsinn. Du bist nicht aufzuhalten.« Ich übertreibe absichtlich.

»Griphurk hat eine Frau erwähnt, Carmen? Eine Näherin?«

Jetzt ist es an mir, nicht rot zu werden. »Ja, Carmen. Sie ist ziemlich gut.«

Magnus scheint mein Unbehagen nicht aufzufallen. Er kippelt mit seinem Stuhl und spricht über Darttheorie, Materialien, Abwurfwinkel und verschiedene Wurftechniken. Schließlich fragt er sich laut, ob Griphurk überhaupt zu schlagen ist.

»Das passiert nicht oft«, gestehe ich und zeige auf ein Schild über der Bar. »Das ist die Ergebnistafel. dreiundneunzig Prozent für Griphurk.«

Lucinda stolpert vorbei und lässt ›aus Versehen‹ einen Stapel abgenutzter Servietten direkt vor Magnus fallen. Er beugt sich hinunter, um ihr beim Aufsammeln zu helfen, zögert plötzlich und wendet sich ab. Er hat einen roten Kopf, weil sie sich ein bisschen weiter vorgebeugt hat, als notwendig gewesen wäre.

»Der Zölibat ist schon schwer genug, auch ohne, dass man ständig daran erinnert wird«, murmelt er. Die Gute-Laune-Maske rutscht für einen Moment von seinem Gesicht und er blickt Lucinda verärgert an – bis sie sich zurückzieht. Dann schiebt er sich eine Kartoffel in den Mund und kaut nachdrücklich darauf herum.

»Du darfst ihr das nicht übelnehmen, Magnus«, sage ich. »Hier in Ector kennen wir uns mit dem Zölibat nicht aus.«

Soweit ich weiß, bin ich der Einzige, der hier mitreden könnte, vielleicht auch noch Martel, aber er macht das sicherlich nicht freiwillig. Das behalte ich allerdings für mich. Meine Probleme gehen schließlich niemanden etwas an, auch wenn sie heute nicht ganz so schwer wiegen wie sonst. Wenn ich ihm dabei zuhöre, wie er sich über hübsche Schankmägde beschwert, erinnert mich das daran, wie Sarah sich immer über das viel zu teure Leder beschwert hat oder wie Carmen sich beschwert, wenn sie ein Kleid verkauft, weil dadurch ihr Lagerbestand schrumpft. Der Gedanke treibt mir ein Lächeln ins Gesicht. Seine gute Laune ist ansteckend. Vielleicht ist es aber auch das helle Glitzern seiner komischen Nähte.

»Vielleicht hast du recht und es ist wirklich unge-wöhnlich.« Nach ein paar Bissen ist seine gute Laune zurück. »Sogar in der Abtei wird immer wieder darüber diskutiert. Natürlich nicht für Anwärter wie mich«, sagt er und wird rot. »Für die Älteren ...«

Da hebt Martel ruckartig seinen Kopf. Ein Speichelpfützchen bleibt auf dem Tisch zurück und zieht Fäden zu seinem Mantel. »Wir mach'n auch Schöllibaat!«

»Du bist wach?« Magnus reißt die Augen auf.

»'tüllisch bin'sch wach ...« Martel tippt sich verschwörerisch an die Schläfe. »Isch schlaf nie!«

»Und du bist auch ein Anhänger des Zölibats?« Das überrascht ihn noch mehr, als dass Martel wach ist.

»Nisch mehr oder wenicher als jeder an'dre auch! *Hicks.* «

Martel beugt sich zu mir herüber, sodass ich weit mehr von seinem Charme rieche als ich möchte. »Wasch bei Pan scholl'n dasch eigntlisch sein mit den Schöllibaat?«, flüstert er so laut, dass ihn jeder hören kann.

»Zölibat«, korrigiere ich ihn.

»Sachich doch. Hömma ...«, trompetet er. »Egal. Isch frag wen andersch.« (Wenn er wach ist, steht Martel gerne im Mittelpunkt.) Er torkelt Lucinda hinterher, die ihn kommen sieht und in Richtung Küche flüchtet. »Luschinda. Luschinda! Isch mach Schöllibaat! Isch dasch nich toll? Hilfschu mir?«

»Nichts lieber als das!«, ruft sie und verschwindet hinter der Tür.

Martel lässt sich davon nicht abschrecken und folgt ihr verbotenerweise in die Küche, verfolgt vom

Gelächter der Gäste. Bei ihm scheinen Lucindas Abwehrkünste nicht zu wirken.

Dann winkt Griphurk von der anderen Seite des Schankraums. Er starrt Magnus finster an, als ob er es ihm in der nächsten Runde zeigen will.

Dieses Mal wirft Tom als erster. Er zielt jetzt mit tödlicher Sicherheit. Griphurk betrachtet ihn mit mildem Staunen. So hat er den blassen Tom noch nie werfen sehen.

Je länger es dauert, desto weniger kann Tom allerdings mithalten. Seine Würfe sind noch immer gut, aber sie werden kürzer, als ob ihn das alles langweilt. Griphurk wirft weiterhin mit Schmackes und setzt seine Pfeile so, dass für die gegnerischen kein Platz bleibt. Es dauert nicht lange, dann ist das Spiel vorbei, mit Grippy als Sieger und Magnus an dritter Stelle.

Magnus schüttelt den Kopf. »Gutes Spiel! Wenn ich es nicht besser wüsste, würde ich glauben, dass ihr beide halb Kobold seid.«

Tom lächelt und zieht sich die Kapuze tiefer ins Gesicht. Er weiß, dass Grippy sowas nicht gerne hört.

Griphurk zwinkert zwar, scheint sich aber nicht weiter daran zu stören. Wenn sie in irgendeinem Hinterhof gewesen wären, wäre es vielleicht anders. Aber er beginnt bereits das nächste Spiel.

Grippy führt. Der blasse Tom ist ihm auf den Fersen, dicht gefolgt von Magnus. Im Schankraum wird es ruhig. Der Regen draußen wird stärker.

Dann passiert das Unglaubliche: Gerade als

Griphurk seinen Arm bewegt, ertönt der lauteste, durchdringend krachende Donnerschlag, den ich je gehört habe, und lässt das Wirtshaus erbeben. Ich springe auf und mein Messer fällt klirrend zu Boden. Lucinda lässt die Servietten fallen, dieses Mal ohne Absicht. Petri verschüttet das Dunkelbier, das er gerade zapft.

Und Griphurk zuckt zusammen!

Sein Dartpfeil zieht nach links. Siebzehn. Er muss von vorne anfangen.

Der blasse Tom grinst, als hätte er gerade den besten Witz aller Zeiten gehört – beziehungsweise erzählt – und wirft. Nur noch ein Dart bis 1001.

Zum zweiten Mal an diesem Abend verliert Magnus sein Lachen. Seine Augenbrauen ziehen sich konzentriert zusammen. Er braucht genau einhundertsechzig Punkte. Ob das möglich ist?

Sein erster Dart fliegt schnurgerade auf die Zielscheibe zu und bohrt sich tief ins Schwarze. Sein zweiter Wurf, mit deutlich mehr Selbstbewusstsein, landet genau daneben. Er braucht nur noch sechzig Punkte. Und ratet, was er als Nächstes trifft.

Dreifach zwanzig, mitten rein.

Im Wirtshaus herrscht verblüffte Stille.

Magnus ist schon fast wieder an unserem Tisch, als Madame Boucher als erste die Stille durchbricht und langsam zu klatschen beginnt. »Tamara! Lucinda! Eine Runde auf den Neuen«, säuselt sie.

Grippy starrt auf die Dartscheibe und bewegt die

Lippen wortlos, sodass man immer wieder seine messerscharfen Zähne sehen kann. Begeisterung schwappt durch den Schankraum.

Als Magnus wieder bei mir ist, dicht gefolgt von Bewunderern und Gratulanten, beschließe ich, dass jetzt genau der richtige Zeitpunkt für das Gegengift ist. Loops ist ein kurzes Spiel und der Effekt sollte zunächst nicht erkennbar sein. Der schwarze Granatapfel wird zwar seine Sehkraft einschränken und er wird Kopfschmerzen bekommen, aber er rettet ihm das Leben und, was noch dazu kommt, ich bekomme meinen Damenpenny zurück, mit Zinsen.

Als Martel Lucinda endlich wieder in Ruhe lässt, stehen so viele Leute um unseren Tisch herum, dass er nicht mehr zu seinem Stuhl durchkommt. »Du bisch d'r Beschte!«, ruft er Magnus wenigstens zu. »Alle schollten scho schöllibatisch schein.« Dann wird er ohnmächtig und fällt um, um uns nicht weiter zu stören. Martel ist ein feiner Kerl.

Sorgen müssen wir uns um ihn aber nicht machen. Er hat einen internen Hahn, der immer dann kräht, wenn etwas Spannendes oder Gefährliches passiert.

Die Gratulanten scheinen es darauf anzulegen, Magnus betrunken zu machen, und zwar schnell, während der blasse Tom etwas abseits in einen hitzigen (aber wortlosen) Streit mit sich selbst verstrickt zu sein scheint.

Warum sie hier sind, ist offensichtlich. Sie haben alle auf Griphurk gewettet und sind es nicht gewohnt, dass es so knapp ist. Aber egal, wie freundlich sie es auch versuchen, Magnus sagt immer wieder lachend, dass er nicht trinkt, zumindest nicht das, was sie ihm anbieten.

Und dann steckt mir jemand einen Zettel von Barkus zu, dessen kryptische Schrift außer mir keiner lesen kann. In der Menge kann ich nicht erkennen, wer es war, aber die Handschrift und der typische Geruch nach Salbei passen. Die Nachricht ist kurz und förmlich. »*Zeit, deine Schulden zu begleichen. Flöße dem Schönling das Zeug endlich ein, und zwar nicht zu knapp. Verdopple die Dosis.*«

Mein Herzschlag setzt aus. Nicht mal Pan selbst könnte mich dazu bringen. Auch jemand, der doppelt so groß ist wie ich, verträgt nicht die doppelte Dosis Gegengift. Es ist keine gute Idee, sie willkürlich zu verändern, so wie Barkus das will.

Aber es war nicht Pan, der die Steuereintreiber im letzten Winter bestochen hat, damit sie mich nicht einbuchten. Barkus war's, aber natürlich nicht aus reiner Nächstenliebe. Wenn ich ablehne, riskiere ich die Sicherheit meiner Kinder. Und meine auch.

Keine leichte Entscheidung.

Die normale Dosis würde Magnus retten, aber mich nicht. Die doppelte Dosis würde meine Familie retten, aber Magnus nicht. Mir ist bewusst, dass man nicht mit dem Leben eines Menschen spielen soll, aber auf Barkus und Petri bin ich angewiesen. Auf Magnus nicht.

»Reiner Körper, reine Seele«, sagt Magnus, als er einen weiteren Krug ablehnt.

»Wie du meinst«, stimme ich ihm zu und stähle mich innerlich für das Unvermeidliche. Schließlich habe ich eine Familie zu versorgen. »Was *willst* du denn trinken?«

Magnus sieht mich überrascht an.

»Du hast mir etwas zu essen ausgegeben. Jetzt bin ich dran.«

Ich grinse und er gibt nach.

»Du hast mir schließlich die Splitter rausgezogen«, sagt er. »Einen Traubensaft oder Apfelwein. Keinen Alkohol. Verdunkelt den Geist.«

»Das kannst du laut sagen«, sage ich und kann mich gerade selbst nicht leiden. »Und den Körper. Nicht, dass du dein glückliches Händchen verlierst.«

Magnus lacht leise. »Ganz genau.«

Die Bewunderer verstummen. Einige schauen betreten drein, aber die Erfahreneren warten ab; sie wissen, dass irgendwas im Busch ist. Normalerweise halte ich mich nämlich aus allem raus und schließlich kommen alle Getränke von der Bar, wo man nie weiß, was da genau drin ist.

»Lucinda ...« Ich überlege kurz. Normalerweise wäre es mir egal, aber heute ist es irgendwie ... anders.

Barkus steht parat. Er ruft sie zu sich und schickt Tamara zu mir.

»Tamara! Einmal die dreizehn für Magnus hier.« Dann stecke ich ihr zwei kleine Phiolen zu. Eigentlich

ist das Zeug ungiftig und die Beeinträchtigung vorüber-
gehend, aber niemand weiß, was bei einer doppelten
Dosis passiert.

Mir wird schlecht. Im besten Fall bekommt Magnus
nur einen ordentlichen Kater, auch ohne Alkohol.

Tamara hebt die Augenbrauen, sagt aber nichts. Sie
weiß schließlich, für wen sie arbeitet. Und sie weiß
auch, dass Magnus Griphurk am Wickel hat. Er ist als
erster dran und bei Loops reicht schon ein besonders
guter Wurf, um gegen Grippy zu gewinnen.

»Und ohne dieses ganze alkoholische Zeug«, sage
ich zu Tamara. »Verdunkelt den Geist.«

Tamara weiß Bescheid. Wir machen das nicht zum
ersten Mal. Sie ist schnell wieder da und ich kann den
schwarzen Granatapfel riechen, als sie den Becher
bringt. Mich packt das kalte Grausen, als Magnus'
riesige Hand sich um den Becher schließt und sein
massiger Bizeps sich beugt. Einen kurzen Augenblick
lang hoffe ich, dass er einfach gar nichts merkt, als ob er
durch eine Wand schreitet, ohne mit der Wimper zu
zucken.

Aber die Chance ist gering. Schwarzer Granatapfel
ist wie eine flüssige Gehirnerschütterung und er trifft
die Größten am härtesten.

Die Menge um uns herum verläuft sich.

Magnus verdrückt fein säuberlich eine Pastete.

Wir unterhalten uns.

Grippy und der blasse Tom sind nirgends zu sehen.

Dann reibt Magnus sich die Augen. »Aua.«

»Was ist?«, frage ich, als ob ich das nicht wüsste.

Seine Gabel klirrt, als er sie auf den Teller legt und die Augen zusammenkneift. »Hat jemand die Lichter abgedunkelt?«

Da taucht Grippy auf, wie auf Bestellung. Seine langen Finger legen sich um Magnus Schulter. »Verrrtig, *Magnus*?«

Schweiß tropft von Magnus' Stirn. Das kommt definitiv vom Gegengift, nicht von seiner Nervosität. »Ich brauch' noch einen Moment.« Er wirkt nicht so unsicher, wie es die meisten anderen in seiner Lage wären. Wenn ich es nehme, verstecke ich mich immer für ein paar Stunden auf dem Dachboden und wimmere leise vor mich hin. Aber er scheint Erfahrung im Umgang mit Schmerzen zu haben.

»Tees, mir scheint, dass die Kerzen verlöschen.«

»Jetzt, wo du's sagst, wirkt es wirklich etwas dunkler hier drin«, presse ich heraus.

Griphurk lächelt verhalten. »Zwei Minuten.«

Auf der anderen Seite des Schankraums lacht der blasse Tom leise vor sich hin. Mir stellen sich die Nackenhaare auf. Ich unterdrücke einen Würgereiz.

Magnus lacht auf, aber mit Mühe. »Klingt so, als ob du auch irgendetwas nicht vertragen hast ...«

Lucinda eilt herbei. »Magnus, Tees, geht es euch gut? Was ist los?«

»N-n-n-nichts«, stammele ich. »Mir ist nur etwas komisch.«

»Lucinda, kannst du uns eine Kerze bringen? Es ist ziemlich dunkel hier drin.«

Lucinda ist nicht blöd. Sie weiß sofort, was los ist, zumindest so ungefähr. Sie greift mit beiden Händen nach meinem Hemd und zieht mich von meinem Stuhl hoch. »Wie konntest du nur!«, flüstert sie.

Ich drehe meinen Kopf zur Seite, weg von Magnus, damit er mich nicht hört. Ich kann ihr sowieso nicht in die Augen sehen. »Barkus wollte, dass ich meine Schulden begleiche.«

»Ich hätte dir was leihen können«, zischt sie. Sie schüttelt mich und ich bin zu klein, um mich dagegen zu wehren.

»Aber nicht genug, um meine Schulden bei Barkus zu begleichen«, flüstere ich. »Du kannst kaum deine Waisen durchbringen. Beim heiligen Fegefeuer, Lucinda, lass mich runter.« Ich strampele mit den Füßen.

Lucinda lässt mich fallen. Ich stürze zwar nicht, aber ich spüre es in den Beinen.

»Komm, wie gehen, Magnus«, sagt sie. »Warum kommst du nicht mit zu mir? Ich gebe dir was gegen die Kopfschmerzen und dann kannst du dich ausschlafen.«

»Das ist wirklich nett von dir, Lucinda, aber das geht nicht ... Auuuuaaa.« Magnus hält sich den Kopf mit beiden Händen. »Auuuaaa!« Er atmet betont ruhig. »Ich muss dieses Spiel zu Ende spielen. Und ich bin sicher, dass die Betten hier ganz hervorragend sind.«

Er ist jetzt beunruhigt, hat Tränen in den Augen und

weiß wahrscheinlich nicht, was er von ihrem Angebot halten soll.

»Blödsinn. Du bist nicht in der Verfassung, um mit spitzen Gegenständen zu werfen. Wir gehen.«

Sie versucht, ihn hochzuziehen, aber er ist viel zu groß. Ihre Hände scheinen an ihm zu kleben. Magnus steht auf – wahrscheinlich, um sie abzustreifen – aber aus der Geste wird eher ein linkisches Schulterklopfen. »Lucinda, ich würde mir wirklich gerne dein Zuhause ansehen, aber ...« Magnus schwafelt irgendetwas von Versuchungen und persönlichen Grenzen.

Er versucht, sie abzulenken, aber es gelingt ihm nicht. Die Augen geschlossen, wird er ruhig und schnüffelt wie ein Bluthund, bevor er mit geübten Fingern sein Schwert aus der Scheide zieht. »Tees, kannst du etwas sehen? Dunkle, furchteinflößende Gestalten vielleicht?«

Ich spüre es auch. Gefahr liegt in der Luft, als ob sie elektrisch aufgeladen würde. Mein Kopf kribbelt. »Nein. Ich sehe nichts, aber ...«

Lucinda hat die Nase voll. »Lügner! Mistkerl!«, schreit sie und greift nach mir.

3

Ich wäre längst nicht mehr am Leben, wenn ich keine guten Reflexe hätte. Ihre Faust greift nach Luft und ich bin im Handumdrehen den Stütz-balken hochgeklettert. Barkus stürmt aus der Küche, aber er ist zu spät. Wenn Lucinda einmal loslegt, kann nichts und niemand sie zurückhalten. Sie droht mir und allen anderen ruchlosen Hochstaplern in einem Umkreis von fünfzig Meilen, eine Gruppe, der wohl, na ja, die meisten der Anwesenden angehören. Ihre Ankündigung führt dazu, dass die Temperatur im Schankraum schlagartig ansteigt. Auch wenn es die Wahrheit ist, will es niemand hören und schon gar nicht von einer großmäuligen Schankmagd mit langen Fingern.

Und dann sagt einer von den Dorftrotteln durch seine Zahnlücke allen Ernstes: »Mich kannst du gerne jederzeit ausrauben, Schätzchen!«

»Finger weg von Luschinda«, ruft Martel. Sein voller Becher, den Lucinda ihm in die Hand gedrückt hatte, damit er ruhig ist, trifft den Mann an der Schulter. Dunkelbierschaum verteilt sich über drei Tische, was die gereizte Stimmung nur noch mehr anheizt.

Der Dorftrottel versucht, Martel einen Hieb zu verpassen, aber trifft stattdessen Geralds Nase, die mit hörbarem Knacken bricht. Dann rutscht Lucinda auf dem Bier aus und kippt einen der Tische um.

Und voilà! Die monatliche Kneipenschlägerei beginnt ...

Von meinem Ausguck aus ist es ziemlich einfach, den fliegenden Bechern auszuweichen, die Lucinda ab und zu in meine Richtung schmeißt. Sie wirft nicht schlecht, aber ich bin ziemlich weit oben und sie muss aufpassen, nicht von einem der rangelnden Gäste getroffen zu werden. Ich muss nichts weiter tun, als ihren Würfen auszuweichen und aufzupassen, dass ich mir nicht den Kopf an der Seilwinde stoße, die hier oben hängt.

Der Einzige, der von all dem nichts mitbekommt, ist Magnus. Er steht mitten im Chaos, unversehrt und dreht sich in einer Tour um sich selbst, als ob er etwas sucht – blind, leidend und, so wie es aussieht, ziemlich verstört.

Mitten in den Krach der fallenden Möbel, dröhnt das Rumsen der Eingangstür und die Nacht fließt herein wie Finsternis, die vom hochwinterlichen

Himmel fällt: sieben Nachtschatten mit wallenden Mänteln.

Sie kommen offensichtlich von weit her. Die verschiedenen Stoffe und Schnitte ihrer Mäntel findet man nicht einmal in Oberector. Ihre seltsam aussehenden Stiefel und Hosen sind über und über mit Matsch bedeckt und sie riechen nach Pferd. Und es stehen mehr von ihnen in der Tür als in einer Zirkusmanege beim großen Finale.

So schnell ist noch nie eine Schlägerei vorbei gewesen. Wir sind alle nicht harmlos, aber mit Nachtschatten können wir es nicht aufnehmen.

Jetzt wäre der richtige Zeitpunkt, die Garde zu rufen, aber das ist schwierig, wenn schwarze Mäntel die Tür zur Küche versperren und Schatten vor den Fenstern lauern. Alle Ausgänge sind versperrt.

Nur Tom rührt sich nicht. »Was hat das zu bedeuten?« Seine Stimme donnert durch den Raum, lauter als normal. So habe ich ihn noch nie reden hören, wütend und mächtig, ganz anders als sein normales Krächzen. Die Menge tritt zur Seite, als er sich dem Anführer der Nachtschatten nähert, einem Mann mit Kapuze, der seinen Kompagnons mit kleinen, weißen Händen Kommandos gibt.

»Was hat das zu bedeuten?«, donnert Tom erneut. »Man hat mir versprochen, dass ich in meinem Ruhestand nicht belästigt würde, Arcus. Dass ich in Ruhe meinen Nachfolger bestimmen kann! Du warst dabei, du hast es selbst gehört.« Seine Stimme ist eine einzige Drohung. Sogar Griphurk zuckt zusammen.

Der, den er Arcus genannt hat, schiebt seine Kapuze zurück. Er ist genauso leichenblass wie Tom, aber er scheint überrascht und das verleiht ihm ein bisschen Menschlichkeit.

»Bitte entschuldigt, Tom, wir wollten nicht unhöflich sein. In dieser Stadt versteckt sich ein Mann, der von der Bruderschaft gesucht wird, ein Mann, der das Allerheiligste gesehen und unsere Geheimnisse in die Welt hinaus posaunt hat.«

Tom lacht. »Das Allerheiligste?«

»Das ist nicht lustig.« Arcus klingt verärgert, wenn auch voller Achtung. Zunächst spricht er sehr leise, unsicher, weil Tom wenig begeistert davon ist, ihn zu sehen, aber seine Stimme wird selbstbewusster, als seine Männer zustimmend nicken. »Wir sind hier, um dir dabei zu *helfen*, ihn zu beseitigen.« Seine Augen huschen zu Magnus, bevor er wieder zu Tom schaut. »Ich habe gehört, dass sein Mut seinesgleichen sucht.«

»Ihr glaubt, dass ich Hilfe brauche? Von gewöhnlichen Meuchelmördern?«

»Ich bin alles andere als gewöhnlich, dunkler Bruder, und sie folgen mir.« Er verzieht die Lippen und unverhohlener Stolz erfüllt sein fahles Gesicht.

»Schick sie weg, du Grünschnabel. In meinem eigenen Zuhause brauche ich keine Hilfe.« Tom spuckt das Wort »Zuhause« praktisch aus.

Arcus will etwas sagen, als sein Blick auf die nackte Hand des blassen Tom fällt. »Wo ist dein Ring?«

Tom hebt den Arm, sodass sein Ärmel noch weiter herunterrutscht, bis die Lampen und Kerzen einen einzigen hautfarbenen Streifen auf seiner ansonsten blassen Haut beleuchten.

»Wo ist dein Ring?«, fragt Arcus erneut und der glühende Ring in meiner Tasche lässt sein Flüstern in meinen Ohren unnatürlich laut erscheinen.

»Ich habe ihn weitergegeben.«

Der Satz lässt mich schaudern und Arcus Schock ist offensichtlich. Hass spült von ihm hinüber zu Tom. »Dann hast du deinen *Rang* verloren. Aus dem Weg.«

Toms Blick steht seinem in nichts nach, die Klauen ausgestreckt, die Arme wie krumme Äste von Bäumen, die ihr Revier verteidigen. »Ich werde nicht einen Deut nachgeben!«

Arcus zieht seinen Dolch. Es passiert so schnell, dass ich es eher spüre, als sehe, aber als er zusticht, ballt Tom die Fäuste und der Boden wackelt.

Arcus und seine Begleiter stolpern. Gäste halten sich aneinander oder an umgeworfenen Stühlen fest. Ich verliere das Gleichgewicht und kippe nach hinten, kann mich aber gerade noch am Kerzenleuchter festhalten, wobei ich mehrere Kerzen mit den Achseln lösche. Meine Beine schwingen hilflos in der Luft und ich quetsche mir die Rippen, aber das ist immer noch besser als ungebremst auf die Holzdielen zu krachen.

Der Leuchter schwingt und dreht sich, als ich verzweifelt versuche, mich festzuhalten.

Von unten kommt ein schmatzendes Geräusch, als ob die Tore zur Hölle aufgeworfen werden. Arcus bewegt sich schlangengleich, sein Degen ist auf Toms Kapuze gerichtet. Darts fliegen mit tödlicher Präzision durch die Luft, einige auf Tom zu, andere auf Magnus.

Die Zeit scheint langsamer zu werden. Ich kann jeden einzelnen Gast atmen hören und sehe winzige Widerhaken an den Pfeilen der Meuchelmörder, als sie durch die Luft zischen. Ich rieche Walnuss und Eiche in den Flammen der Feuerstelle und schmecke das Gift im Hauch der Kerzen. Nachtschatten fliegen durch die Luft, auf Tom und Magnus zu. Der Ring lodert in meiner Tasche und jetzt weiß ich auch, warum ich so gut sehen kann. *Ich will das nicht*, schreie ich tonlos.

»Mein Zuhause«, sagt Tom nur. Sein Flüstern durchdringt den Wahnsinn mühelos. Die Degenklinge zerspringt und Nachtschatten fallen mitten im Sprung auf den Boden. Nur die Darts, die auf Magnus gerichtet sind, erreichen ihr Ziel.

Arcus greift sich an die Kehle. »Thomas ... geh aus dem ... Weg.«

Toms Stimme ist beißend. Seine Wut ist verraucht, aber er starrt Arcus nach wie vor an. »Die Abmachung war, dass ich in Frieden gelassen werde. Dass mein Zuhause in Frieden gelassen wird. So wie es Brauch ist.«

Arcus sinkt weiter in sich zusammen. Licht reflektiert von der vergifteten Spitze, die aus seinem zuckenden Stiefel herausschaut. Blaues Licht umflackert ihn. Blitze zucken in seiner Hand, aber verlöschen, bevor er sie werfen kann. Dann fällt Arcus zu Boden, eindeutig tot, denn Blut rinnt aus seinem Mund und sammelt sich in einer Pfütze auf dem Boden.

Die anderen Nachtschatten heulen vor Schmerz und werfen sich erneut auf Tom, aber sie sind nicht wie Arcus, sie haben die dunkelsten aller Eide nicht geschworen. Es ist, als ob sie gegen eine Wand rennen, seine knochigen Arme sind hart wie Stahl. Er pariert ihre Schläge mit bloßen Händen und reißt einem Meuchelmörder ein Auge heraus. Mit seinem Zeigefinger sticht er einem weiteren mitten ins Herz. Ich wende mich ab, das kann ich nicht mit ansehen. Ich höre ein Genick brechen.

Fünf weitere folgen, bevor Tom das nächste Mal spricht. Nur einer von sieben ist noch übrig – einer mit strohblonden Haaren, dem das Blut über das Gesicht läuft.

Arcus Körper tanzt in den Flammen, die nach einer Geste von Tom erlöschen.

»Raus.«

Stille.

»Sofort.«

Ein Kratzen kommt aus Richtung Küche, dann knallt eine Tür. Das Trippeln auf dem Dach über mir verstummt, dann höre ich einen dumpfen Schlag im Garten. Dunkle Schatten hinter den Hecken ziehen sich zurück. Für einen kurzen Moment späht der Mond durch die Regenwolken.

Bald ist nur noch der Mann mit den strohblonden Haaren übrig, der säuerlich beobachtet, wie die Toten nach draußen geschafft werden.

Er sieht Tom nicht an, als er spricht. »Es gibt Eide, die nicht gebrochen werden können.« Und dann ist er verschwunden, ohne ein Geräusch zu verursachen.

»Als ob ich das nicht wüsste«, antwortet Tom. Seine Kapuze ist nach hinten gerutscht. Blut tropft von seiner blassen Wange, obwohl ihn dort niemand erwischt hat. »Aber mein Zuhause ist immer noch heilig.«

Der Satz scheint in Magnus etwas auszulösen. »*Eines Abends hält das Halbblut*«, intoniert Magnus »*in seinem Zuhause an der Wurflinie Hof.*« Mit blinden Fingern tastet er nach einem Pfeil und zieht ihn heraus.

Tom leckt sich die weißen Lippen, als Blut von seiner Wange tropft. »Also hat Pater Jeremias meine Nachricht *doch* bekommen.«

Magnus fällt auf die Knie. Er blutet ebenfalls. In seinem Waffenrock stecken weitere Pfeile. »Ja.« Magnus atmet tief. Ich beobachte, wie sich sein Brustkorb hebt und senkt. Ein weiterer vergifteter Pfeil fällt auf den Boden, als Magnus weiterspricht. Jetzt habe ich nicht mehr so viele Schuldgefühle, dass ich ihm die doppelte Dosis des Gegengifts gegeben habe. Ich hoffe nur, dass es das Richtige war.

Tom reibt sich die Hände und betrachtet Magnus mit fast schon friedvollem Blick. »Das hat ja ziemlich lange gedauert«, sagt er und es klingt, als ob er ein Urteil fällt.

»Ihr habt ja keine Ahnung, wie viele Halbblüter es auf der Welt gibt«, sagt Magnus abwehrend und tastet nach dem letzten Pfeil. »Ihr macht euch keine Vorstellung davon, wie oft ich Darts spielen musste, um euch zu finden.«

Tom lacht auf. Das Lachen klingt für seine Verhältnisse warm, wie Frost auf Herbstlaub, anstatt wie Eis auf einem zugefrorenen See. »Das will ich doch hoffen. Schließlich wollte ich nicht gegen einen Anfänger spielen.«

»Ihr wolltet, dass euch eure Sünden erlassen werden.«

Tom schüttelt den Kopf. Dunkle Wolken ziehen sich über ihm zusammen, als die Kerzen neben Magnus heller strahlen. »Vergeblich, wie ich jetzt weiß. Du kannst mich nicht von meinen Eiden entbinden.« Seine Stimme klingt verbittert. »Ich habe euch vor den Wölfen gerettet, aber wer rettet euch vor mir?« Seine Augen fixieren mich oben am Kerzenleuchter. Und dann springt er auf einmal auf und zieht zwei Kurzschwerter aus seinem dunklen Mantel.

Magnus hat plötzlich ein weiß-glühendes Schwert in seiner rechten Hand und einen Tisch in seiner linken – Martels. Er lauscht auf Toms Schritte. Sein Schwert schießt vor, als er den Tisch wirft, mit links, die Waffe an seiner Seite.

Es überrascht uns alle, dass Magnus' Kämpferehre

es ihm erlaubt, Möbel zu benutzen. Dunkelbier wird verschüttet, als alle fluchend aus dem Weg springen. Das Holz bricht, aber der blasse Tom ist nur ein Schatten, der über den Tisch schwebt und überraschend schnell auf Magnus' freie linke Seite zielt.

Ich tue das Einzige, das mir einfällt: Ich lasse den Leuchter los. Nicht besonders heroisch, aber es ist effektiv. Meine Füße und mein Messer landen gleichzeitig auf Toms Schlüsselbein. Er tut mir fast leid. Mit diesem Trick könnte ich jeden gewöhnlichen Nachtschatten neidisch machen.

Aber Tom hat schon bewiesen, dass er außergewöhnlich ist. Er schnappt nach Luft und lässt mich fallen wie eine Kakerlake, während er Dinge vor sich hin flüstert, die ich nicht verstehe und hoffentlich nie wieder hören muss. Jemand wirft mich gegen meinen Lieblingsbalken.

Etwas klirrt auf dem Boden zu meinen Füßen. Der Ring. Zwischen den Stichen sehe ich, wie Tom zu mir herüberblickt, obwohl mein Messer tief in seiner Brust steckt. In seinen Augen sammelt sich das Kerzenlicht.

»Schöner Ring, nicht wahr, Tees?«

Ich nicke stumm, aber nicht, weil ich ihm zustimme. Ich versuche lediglich, ein bisschen Luft in meine Lunge zu pumpen. »Hhhnnnhgh. Hnngh.«

Der blasse Tom kommt näher, dicht am Boden wie ein lauernder Panter in einem Wald aus verstreuten Tischen und Stühlen. »Mach beim nächsten Mal das

Fenster zu«, flüstert er. »Du hast meine Zauberbücher zerstört.«

»Ich dachte, das wären Steuerbriefe!«, lüge ich. Aber ich kann es nicht laut sagen. Ich kriege immer noch keine Luft.

Toms Mundwinkel zucken. Ich bin sicher, dass er mich gehört hat. Er zeigt auf den schwarzen Ring auf dem Boden. »Passt zu dir«, sagt er bloß.

Magnus stürzt sich von hinten auf ihn, als mir wieder einfällt, wie man atmet. Ich schnappe nach Luft, als ich mich zur Seite rolle, um nicht erdrückt zu werden. Der Stützbalken ächzt, als die beiden dagegen krachen.

Der Ring rutscht Richtung Theke, hinter der Petri sich versteckt. Ich lasse ihn rutschen. Ich will nichts damit zu tun haben, jetzt, da ich weiß, was er ist, und dass er für mich bestimmt war. Vielleicht hatte Petri deshalb kein Interesse daran.

Ich atme wieder und luge unter meinem Tisch hervor. Um Magnus muss ich mir keine Sorgen machen. Er schlägt mit dem Schwert auf Tom ein, während er von Tisch zu Tisch springt, geleitet nur von seinem Instinkt und seiner Erfahrung. Der blasse Tom trifft ihn zwar ab und zu, aber nicht oft genug, um ihn abzuschütteln. Das alte Gespenst steckt mitten im Schankraum fest und wird langsam dünner und schwächer, während ich mich immer stärker fühle.

Ich krabbele um den Tisch herum, um besser sehen zu können.

Tom zerfetzt die Luft in allen Richtungen und Magnus stürzt sich auf ihn. Er bückt sich erst im allerletzten Moment und entgeht so einer Enthauptung. Der blasse Tom dreht sich zu weit und Magnus saust an ihm vorbei, während er wie wild in die Luft sticht.

»Achtung, links von dir!«, schreie ich.

Das Feuerschwert wirbelt durch die Luft und prügelt auf Toms schwarze Schwerter ein. Ich bin nicht sicher, ob Magnus zielt oder einfach wild um sich schlägt, aber Hauptsache es funktioniert. Die Klingen des alten Bösewichts leuchten rot an den kaputten Seiten und heiße Metallstücke brechen heraus.

Plötzlich lässt Tom seine Schwerter fallen und rollt sich zur Seite, dann springt er rückwärts durch das Loch im Putz neben Martels Tisch. Er hebt den Arm und bildet damit den ultimativen Fluch. Wir alle kennen die Haltung nur zu gut. Als Kinder haben wir auf dem Marktplatz immer Ritter gegen Zauberer gespielt. Seine Hände lodern im Feuer, während seine Lippen sich lautlos bewegen. Die unnatürlichen Flammen singen leise.

Magnus dreht sich überrascht um und braucht einen Moment, bis er sich wie eine Kompassnadel nach Norden einpendelt. Dann fliegt sein Arm durch die Luft, die Muskeln in den Schultern spielen und seine Bauchmuskeln geben dem Ganzen den nötigen *Wums*. Die Klinge aus weißem Feuer rotiert in der Luft, als sie durch das Loch in der Wand fliegt.

Sie trifft den dunklen Zauberer mitten im Oberkörper und reißt ihn mit. Toms Silhouette explodiert in einem Feuerwerk aus Flammen und Licht. Feuer spritzt rückwärts auf das Haus nebenan und frisst sich betriebsam in den Putz, während es Rauchwolken in den Nachthimmel schickt.

Das Einzige, das vom blassen Tom noch übrig ist, ist eine dicke Rauchwolke und ein schwarzer Lederstiefel, der im Matsch versinkt.

Bis auf ein paar schwer atmende Menschen und das Geräusch von Feuer und Regen vor der Tür, ist Barkus' Schankraum gespenstisch ruhig. Alle schauen zu Magnus, der schon den nächsten Tisch in der Hand hat.

Ich humpele zu ihm hinüber, so schnell ich kann. »Holla, Magnus. Lass noch ein paar Möbel übrig.«

»Ich muss seine Seele befreien.«

Ich schaue am Tisch hoch und versuche, nicht darüber nachzudenken, was von mir übrig bliebe, wenn er den jetzt fallen lassen würde. »Schon gut, Magnus. Wenn du mit deinem Schwert schon nichts ausrichten konntest, hilft der Tisch wahrscheinlich auch nicht.«

»Aber ...«

»Er ist tot.«

»Oh.« Magnus' Gesicht drückt echtes Bedauern aus. »Es musste sein. Ich war barmherzig.« Seine Rechtfertigung klingt, als ob er gleich anfangen will, zu weinen.

Der Tisch über seinem Kopf wackelt. Dieser ist größer als der letzte.

»Ja, ich weiß. Aber du musst den Tisch nicht unbedingt auf mich fallen lassen«, quieke ich. »Ich bin hier.«

Ich zupfe an seinem Waffenrock, damit er weiß, wo ›hier‹ ist.

Magnus bewegt sich kontrolliert. Er nimmt den Tisch so langsam wieder herunter, dass ich mit meinen schmerzenden Rippen problemlos aus dem Weg humpeln kann.

»Mein Schwert?«

»Keine Ahnung. Ich schau mal.« Ich kann mir nicht vorstellen, dass außer ein bisschen Rauch noch etwas davon übrig geblieben ist.

Rums.

Alle schrecken auf, auch Magnus.

»Bei Pans verlaustem Bart!«, flucht Barkus. »Was ist denn jetzt schon wieder?«

Die Eingangstür hängt gerade noch so in den Angeln.

Rote, schulterlange Haare erscheinen im Türrahmen und ihre Besitzerin kocht vor Wut. »Ihr zündet meinen Laden an und habt nicht mal genug Anstand, ihn wieder zu löschen?«

Als sie mich sieht, wird ihr Lächeln ein wenig weicher.

»Hallo Tees.«

»Hallo Carmen.«

Carmen schaut in den Schankraum und wirkt überrascht, dass alle sitzenbleiben. »Habt ihr sie noch alle? Feuer!«

Langsam rühren sich die Menschen, als sie in die Realität zurückkehren. In einer armen Stadt wie Unterector bedeutet Feuer für manche den Tod, aber für alle eine Katastrophe.

Ich zwinge mich, Carmens Locken nicht weiter anzuschauen, sondern blicke stattdessen durch das Loch in der Wand. Und siehe da, das Feuer hat sich tatsächlich durch Außenwand und Putz gefressen. Das ist eigentlich nicht möglich. Und es sollte auch kein Reet verbrennen können, das der Regen zwei ganze Tage lang durchweicht hat. Aber es brennt.

Der ganze Schankraum springt auf. Stühle werden gerückt und umgeworfen, als die Menschen rennen, um Eimer zu holen.

»*Die Eimer! Holt die Eimer!*«, schreit Barkus.

»Wo sind sie?«, ruft Magnus verzweifelt und rammt den Tisch, den er gerade abgesetzt hat.

Ich krabbele nach vorne, um zu helfen, und erwische ihn, bevor er mit jemand Schwächerem zusammenstößt.

Meine Rippen schmerzen immer noch, aber es geht, dank einem großen Schub Adrenalin. »Langsam, Magnus. Du hast schon genug getan, mit dem ganzen Werfen und Kämpfen.« Es fällt mir schwer, die richtigen Worte zu finden.

»Die Menschen von Ector sollten nicht dafür büßen müssen!« Er deutet auf das, was vom Schankraum noch übrig ist und, ich nehme an, auf das Feuer, obwohl die Richtung nicht stimmt. »Es geht schließlich um meinen Kampf. Meinen Stolz. Meine Blindheit.«

»Jeder Bösewicht wird irgendwann bestraft,

Magnus«, murmele ich und stöhne auf, als meine Rippen und mein Stolz schmerzhaft zucken. Ich höre, wie sich draußen eine Eimerkette bildet, die zweifellos weitere Menschen aus umliegenden Etablissements und Wohnhäusern anzieht.

Er überlegt. »Hmm. Stimmt. Aber ...«

Ich habe jetzt keine Zeit für Streit, deshalb antworte ich mit der schmerzhaften Wahrheit. »Setz dich gefälligst hin, bevor du noch jemanden umbringst.«

»Aber ich habe schon ...«

»Ich meine, jemanden, der es *nicht* darauf anlegt.«

Magnus ist geknickt. »Ich würde gerne helfen.«

Lucinda stürzt durch die Eingangstür. »Tees! Ich brauche die Winde!« Nach ihrem Gesichtsausdruck zu urteilen, herrscht gerade Waffenstillstand zwischen uns. »Los!«

Lucinda greift nach Magnus Hand und zieht ihn zur Seite, während ich in Windeseile den Stützbalken hochklettere und die Winde und den Flaschenzug losschneide, die wir für Großfeuer und an Feiertagen nutzen. Beide landen mit einem Krachen auf dem Boden.

»Kannst du eine Brunnenkurbel bedienen?«, fragt Lucinda Magnus.

Magnus schaut beleidigt und lässt seine Muskeln spielen. »Ich kann auch Eimer werfen.«

»Blödsinn. Du siehst ja nichts. Du würdest bloß unbeteiligte Zuschauer treffen.« Sie sieht mich strafend an, aber der größte Ärger scheint verraucht zu sein. Sie schiebt ihn aus der Tür und mir bleibt nichts anderes übrig, als ihnen die Winde hinterherzutragen.

Immerhin sieht sie das mit Magnus genauso wie ich.

Als ich am Brunnen ankomme, wird deutlich, dass sie alles richtig gemacht hat. Magnus sitzt auf dem Rand und zieht mit bloßen Händen ein Seil nach oben. Zwei kräftige Männer mühen sich an der Hauptkette, aber Magnus' Eimer ist schneller. Er singt dabei, aber es klingt eher nach einem Gebet als nach einem Lied. Es klingt improvisiert:

»Pan-gib-mir-Kraft-und-weihe-dieses-Wasserwährend-du-das-Böse-vernichtest-und-das-Lichtzurück-in-dieses-unglückseelige-Dorf-bringst.«

Keiner, den ich kenne, improvisiert Gebete. Wir können schon von Glück sagen, wenn hier jemand eins auswendig kann.

Und Lucinda macht absolut nichts – vielleicht zählt sie ja die Muskeln auf Magnus' Rücken. Sein Hemd liegt im Matsch. Wieso???

»Lucinda!«, rufe ich über den Lärm. »Hilfe!«

Sie erwacht aus ihrer Starre, hilft mir mit der zweiten Winde und zwei Männer eilen mit einem dritten Seil und Eimerhaken herbei.

Meine Zwillinge flitzen mit nassen Handtüchern vorüber.

»Hey, Paps!«

»Tschö, Paps!«

Auf dem Marktplatz drängen sich jetzt die Eimerketten, zu denen immer neue dazu kommen vom

Brunnen auf der Südseite der Präfektur. Aus drei Häusern neben der Schänke steigen Rauchsäulen auf, aber Carmens Schneiderei ist das Einzige, das fast völlig von den Flammen eingeschlossen ist, von denen manche eindeutig nicht natürlichen Ursprungs sind. Heißes Orange und Rot glühen und tanzen mit lilafarbenen und grünen Feuerzungen. Sogar der Putz brennt und seltsame Flammen züngeln über die mit Reet gedeckten Traufen.

Und dann, ganz plötzlich, erlischt das Feuer. Die Rufe nach Weihwasser werden von Applaus übertönt, aber es ist noch nicht vorbei. Wir arbeiten für die Dauer einer halben Wache im Regen weiter, bis wir sicher sein können, dass alle Feuer unter Kontrolle sind. Bis auf das in Lucinda. Sie glimmt wie ein goldenes Ei in einer gusseisernen Pfanne. Trotz all seiner Muskeln wird Magnus sie einfach nicht los. Wenigstens versucht er es, das würden andere nicht tun.

Die Menge löst sich nur langsam auf, obwohl jetzt mehr Menschen als zuvor in der Schwarzen Katze verschwinden. Es sind Abende wie dieser, an denen Geschichte geschrieben wird.

Ich bin zu müde für Geschichte. Als ich mich verabschieden will, sehe ich, dass die Menge Magnus und Lucinda schon mitgenommen hat.

Auf der anderen Seite des Platzes hauen Fäuste auf Tische und raues Gesinge dringt durch die jetzt daueroffene Tür des Wirtshauses *Zur Schwarzen Katze*.

»Timnus? Valerie?«, rufe ich, aber es hat keinen

Zweck. Selbst wenn sie mich hören könnten, würden sie sich nicht zeigen oder von einem laufenden Fest nach Hause gehen. Ich höre auf, nach ihnen zu suchen. Sie werden schon kommen, wenn sie so weit sind und wahrscheinlich mit besserem Essen als dem geknautschten und durchnässten Brot in meiner Tasche.

Ich bin schon fast zu Hause, als mir ein Gedanke kommt. Da liegt doch ein Schwert im Matsch und wartet nur darauf, dass es jemand mitnimmt. Ein gutes Schwert, das mindestens eine Handvoll Königstaler wert ist – wenn man den richtigen Hehler findet. Blind und von Bewunderern umgeben, hat der ursprüngliche Eigentümer ja gerade keine Verwendung dafür. Die Chance ist einfach zu verlockend für einen armen Taschendieb und davon gibt es weiß Pan genug. Hier wäre jetzt ein Ehrenmann vonnöten.

Exkrement.

Ich laufe zurück zur Schänke. Aus dem tischförmigen Loch in der Wand dringen Licht und Festgeräusche. Ich muss ein bisschen im Matsch herumwühlen, bis ich gefunden habe, wonach ich suche. Mein nackter Zeh stößt an etwas Festes, das sich in den Boden eingetreten hat. Der Matsch macht ein schmatzendes Geräusch, als ich es herausziehe.

Das Schwert ist ein Wrack, übel zugerichtet, verbogen, mit Kratzern, aber immer noch schön. Ich halte es so, dass der Regen es abspült, bevor ich zurück ins Wirtshaus gehe. Die verkohlten Lederstränge des Griffs sind noch einigermaßen erhalten, aber ich schaffe es gerade so, es durch die Menge zu ziehen, indem ich es wie einen Schutzschild nutze.

»Das gehört dem Großen da drüben. Er hat es in der Aufregung verloren. Aus dem Weg, bitte.«

Das bringt mir ein wenig Aufmerksamkeit ein. »Der, der das Weihwasser heraufgezogen hat?«

»Genau der«, stimme ich zu.

Manche Menschen reden wirklich nur Blödsinn, insbesondere der, der jetzt ruft: »Aus dem Weg, Gesindel.« Es ist der Dorftrottel mit der Zahnlücke. »Lasst den Knappen des heiligen Mannes durch«, ruft er.

Auf einmal verbeugen sich die Leute vor mir.

Heiliges Exkrement.

»Hui. Ein heiliger Knappe!«

»Hör auf, Mathilda. Ich bin's nur.«

»Du bist ein Knappe, Tees?«

»Der Ehemann der Schuhmacherin ist ein heiliger Knappe!«

Ich geb's auf. Was soll ich auch machen? Ich finde Magnus an Martels Tisch inmitten einer großen Gruppe Ectorianer, alle Teil der Oberschicht von Unterector – soweit Unterector überhaupt eine Oberschicht hat. Ein Angebot folgt auf das nächste, aber Lucinda weicht nicht von seiner Seite. Er hat es aufgegeben, sie loswerden zu wollen, aber wenigstens hat er sein Hemd wieder an.

»Ich habe dein Schwert hier, Magnus.« Ich klopfe

ihm auf den Arm und führe seine Hand zu dessen Griff. »Es hat eine anständige Beerdigung verdient.«

Jetzt, wo ich hier stehe, weiß ich nicht, was ich sagen soll, weiß nicht, warum *ich* nicht versucht habe, sein Schwert an Petri zu verkaufen, wenn auch nur als Schrott.

Mehr als »Danke« bringe ich nicht heraus, und ich bin dabei nicht mal sicher, ob ich ihm für das Essen danke, für seine Freundlichkeit oder dafür, dass er mich vor dem blassen Tom gerettet hat.

Magnus' freie Hand ergreift meine Schulter und hält mich fest. »Tees?« Ich kann die Angst in seiner Stimme hören.

»Ja. Ich bin hier.«

Magnus beugt sich zu mir herunter und sagt mir etwas ins Ohr: »Weißt du vielleicht, wo ich mich hier in Ector zurückziehen kann, bis diese Blindheitsgeschichte vorbei ist? Ich habe das Geld, um dafür zu bezahlen.«

Lucinda funkelt mich an und verstärkt ihren Griff an seinem Arm.

»Ja, weiß ich. Aber das geht aufs Haus.« Ich verstecke meine Schuldgefühle ebenso, wie ich auch den Granatapfeltrunk verstecken muss.

Lucinda hält uns auf. »Wenn ihr hier raus wollt, müsst ihr euch was einfallen lassen – ohne Zugabe wird das nichts.«

»Ich bin völlig ausgebrannt«, stöhnt Magnus. »In meinem Kopf ist heute nichts mehr los.«

Ich tätschele seine Pranke auf meiner Schulter, aber sie zittert. Gift und Gegengift vertragen sich nicht so gut, zumindest nicht in der Praxis. »Morgen früh geht es dir bestimmt besser. Bis dahin tun wir so, als ob ich dein Knappe wäre. Du kannst später Buße tun.«

»Danke, Tees.« Seine Verzweiflung wird zu greifbarer Erleichterung und dass er das Spiel mitspielt, macht deutlich, wie sehr er leidet. »Schreitet voran ... mein Guter«, brüllt er, als ob er das ernst meint. Scheinbar ist die Lüge, dass ich sein Knappe bin, für ihn etwas schwer zu fassen.

Sobald wir in Bewegung sind, blicke ich zurück. »Wahnsinn, Magnus. Wie du so völlig blind gekämpft hast.«

»Niemand ist blind, wenn er Pan an seiner Seite weiß«, sagt er feierlich. Leider wird der Pathos dieses Satzes dadurch konterkariert, dass er über einen Stuhl stolpert, den ein Gast ihm versehentlich vor die Füße stößt.

»Ähm, jaja.«

Aber ich mache zur Sicherheit das heilige Zeichen für Pan. Nach heute Abend würde ich einen Damenpenny wetten, dass uns da oben *irgendjemand* zuhört, zumindest Magnus.

»Ich auch«, wirft Lucinda ein. »Ich bin auch an deiner Seite.«

Ich mache wieder das Zeichen für Pan, in der Hoffnung, dass er helfen kann.

Wir haben die Tür fast erreicht, als Griphurk uns den Weg versperrt. »Vo villstu hin?«

»Nach Hause, Grippy. Ein Hexenmeister hat ihn mit einem Blindenfluch belegt.«

Lucinda unterdrückt ein Lachen.

»Nachtschatten. Hexenmeister. Alle weg, aber's Spiel's noch nich' vorrrbei.« Sein Knurren klingt, als ob jemand Kohle mahlt. Im Vergleich zu seiner sonst so seidigen Stimme, hört sich das an wie eine Drohung.

Magnus seufzt resigniert. »Ihr habt recht, Mr. Griphurk. Ein echter Mann bringt sein Spiel immer zu Ende. Bei Pans Bart ... Ihr nehmt das hier wirklich ernst.«

Von Nahem ist Grippys Lächeln furchteinflößend. »Dorrrt drrrüben's die Scheibe.«

Ich danke Pan, dass wir uns in einer warmen, gut beleuchteten Schänke befinden, unter Menschen, die uns wohlgesonnen sind.

Magnus gibt sich unbeeindruckt. »Man reiche mir einen Dart.« Seine Stimme hat sich verändert und ist jetzt eisenhart. *Reiz mich nicht,* heißt das wohl.

Griphurk zögert. »Von hierrr? Aberrr da steh'n Leute.« Irgendwie habe ich den Eindruck, dass er sich mehr Gedanken um die Entfernung macht.

»Die werden schon zur Seite gehen.« Magnus Stimme ist hart wie Stein. Das scheint ihn auch selbst zu überraschen. »Gib mir einfach einen Dart.«

Griphurk öffnet seine Hand. Zwischen den langen Fingern steckt tatsächlich ein Dart. Eigentlich sind es sogar drei. Er gibt Magnus den Pfeil mit den kaputten Federn und behält die beiden besseren für sich. Ich halte meinen Mund. Da verliere ich lieber ein paar Münzen, als mich mit jemandem wie Griphurk anzulegen. Und Grippy weiß von dem vergifteten Most.

»Aus dem Weg!«, befiehlt Magnus und wedelt mit den Armen.

Die Leute verlassen fluchtartig ihre Tische.

»In welcher Richtung hängt die Scheibe?«, flüstert er. Ich nehme seine Hand und halte sie in Richtung Scheibe, so mittig wie möglich.

»Wie weit?«, fragt er mich.

»Fünfundzwanzig Meter«, sage ich automatisch. Ich kenne mich hier mindestens so gut aus wie in der Westentasche meiner Mutter.

Er steht still, berechnet seine Position und wartet. »Bitte erinnere mich daran, nie wieder in Ector Darts zu spielen.«

»Spiel nie wieder ...«

»Werde ich nicht.«

Sein Dartpfeil segelt über die freigewordenen Tische und kracht in die Scheibe, höher als ich gezielt hätte, aber gerade noch so drauf, gerade noch im 20er.

»Er hat mitten in den Rahmen getroffen!«

Diese Erkenntnis breitet sich aus, während Barkus mit offenem Mund dasteht und Grippy die schwarzen Augenbrauen hochzieht.

»Er hat seinen eigenen Loop gemacht! Was für ein

krasses Spiel!« Einige Zuschauer taumeln herüber, um sich das Spektakel genauer anzusehen.

Grippys blassgrünes Gesicht wird noch blasser. Er stößt einen unverständlichen Koboldfluch aus.

Ich wage zu bezweifeln, dass Griphurk seinen Pfeil genauso werfen kann. Nicht mit seinem typischen weichen Wurf. Und bei Loops und Bumpers muss man seinen Pfeil genau in denselben Bereich werfen wie der Gegner.

Die Menge wendet sich Griphurk zu. Die Leute treten aus der Wurflinie, insbesondere die in der Nähe der Dartscheibe.

Griphurk kneift die Augen zusammen und hebt seine andere Hand. Jetzt hat er andere Dartpfeile. Diese sind definitiv nicht von Barkus, sondern von jemandem gemacht worden, der sein Handwerk versteht. Die Federn sind dicker und der Schaft ist länger und aus Stahl. Die Spitzen haben Widerhaken.

Grippy grinst fies, als er sie sich ansieht. Er nimmt einen mit braun-weißen Falkenfedern, dreht sich und wirft ihn härter als ich ihn jemals habe werfen sehen. Das ist kein Schänken-Wurf, sondern ein Jagdwurf, und obwohl er mit ungleich mehr Kraft ausgeführt wird, verliert er keinen Deut an Präzision. Meine Fantasie liefert mir ein Bild von Griphurk, wie er sich bei einem nächtlichen Überfall als erster durchs Unterholz schlägt.

Der Dart kracht in die Seite von Magnus' Dart, schneidet die sowieso schon beschädigte Feder ab und lässt ihn zittern, bevor er in der Dartscheibe hängenbleibt. Das ist kein Gewinnerwurf, es sein denn, Magnus' Dart fällt. Aber Magnus' Dart bleibt stecken. Nur die Feder schwebt langsam zu Boden.

Griphurk runzelt die Stirn. »Vielleicht 'ne RRRevanche?«

Magnus' Hand zuckt in einer eindeutigen Geste Richtung Schwert. »Ein andermal.«

Griphurk bemerkt das ebenfalls. Sein Ärger verfliegt, als sein Blick auf Magnus' beschädigtes, aber dennoch eindrucksvolles Schwert fällt. »Na dann, GUT'S SPIEL, Sporrrtsvreuud!« Griphurk tritt zurück und wirft einen weiteren Jagdpfeil, sodass er auf der anderen Seite neben Magnus' Dart landet, wie eine Ehrengarde. Er zieht sich seine graue Kapuze über, klopft Magnus auf die unverletzte Schulter und stapft aus der Schänke hinaus in den Regen, Erstaunen auf dem Gesicht anstelle der gewohnten Verschlagenheit.

Im Schankraum herrscht Totenstille. »Gutes Spiel!«, ruft Magnus ihm hinterher.

Jetzt reicht's mir auch. Ich schiebe Magnus weiter, bevor uns noch jemand aufhält.

»Lass dir von Petri den Gewinn auszahlen«, sage ich zu Lucinda. Nicht mal in diesem Chaos würde ich das Geld vergessen. Mit all den Wetten für den blassen Tom, Griphurk und von den Dummköpfen, die gegen ihn gewettet haben, kann Magnus sich wahrscheinlich einen ganzen Laden kaufen. Oder zwei. Und den Gewinn wird ihm niemand absprechen.

»Und gib ein paar Runden aus.«

Sie nickt. Es ist uns beiden lieber, dass die Leute noch hierbleiben, anstatt uns auf die Straße zu folgen. Sein Pferd erwähne ich nicht. Barkus wird sich darum kümmern.

»Nichtalkoholisch, natürlich«, sagt Magnus.

»Nichtalkoholisch, verstanden«, sagt sie und zwinkert mir zu. Als ob! Bevor *sonst* noch jemand auf dumme Gedanken kommt, sollen sie sich lieber ordentlich betrinken.

Sie tänzelt hinüber zu Petri, um sich den Gewinn auszahlen zu lassen. Ich bin sicher, dass sie morgen in aller Frühe bei mir auf der Matte steht, um nach Magnus Palaidus zu sehen, wenn nicht schon früher.

Draußen im Regen hat Magnus eine Frage. »Tees, hast du dich vom Dachbalken aus auf Tom fallen lassen?«

»Ja.«

»Dann habe ich mir das nicht eingebildet.«

Es spritzt, als wir durch die Pfützen auf dem grauen Kopfsteinpflaster stapfen. Er stützt sich ziemlich schwer auf meine Schulter.

»Danke«, sagt er.

Wasser spritzt nach rechts und links.

»Mir scheint, ich habe dich unterschätzt«, sagt er nach einer langen Pause.

»Was soll ich sagen? Ich habe viele Seiten.«

»Das ist mir jetzt auch klar geworden.«

»Schreibst du das auch in dein Tagebuch?«, frage ich.

»Nein. Meine Tinte ist alle.«

»Dann leih ich dir welche. Und zwar die teuerste, die ich kriegen kann.«

Er grunzt, zu müde, um darüber nachzudenken, wie ich wohl an die Tinte komme, und gemeinsam lauschen wir dem Regen, der auf dem Kopfsteinpflaster ein Lied von Aufbruch und Neuanfang singt.

TEIL II

DIE RINGE

4

Als Magnus und ich die Schwarze Katze und das üble Dartspiel hinter uns ließen, steckte ich bereits bis zum Hals in Schwierigkeiten.

Als ob es nicht schon genug schlechtes Karma bedeutet, sein Messer in einem Meuchelmörder zu versenken, der alle Eide geschworen hat. Nein, ich muss dazu noch der ganzen verfluchten Gilde den Krieg erklären. Vielleicht verzeihen sie einen einzelnen Fehltritt – wenn sie denken, man könne ihnen noch nützlich sein –, aber wenn man ankündigt, sie einen nach dem anderen zur Strecke bringen zu wollen, ist man in ganz Teuron nirgendwo sicher.

Nur damit wir uns richtig verstehen: Ich habe das so nie gesagt, und was ich wirklich gesagt habe, wurde völlig aus dem Zusammenhang gerissen.

Aber von Kontext lässt sich leider kein Sarg kaufen oder vermeiden, dass man bald in einem liegt. Selbst wenn ich auf die Wahrheit poche, bin ich immer noch tot. Zumindest theoretisch.

Trotzdem ist sie mir heilig.

Ich behaupte ja nicht, dass ich es beim nächsten Mal anders machen würde, nur besonders schlau war es nicht. Aber lasst mich der Reihe nach erzählen.

5

ls alle Brände gelöscht sind – mit Ausnahme des Feuers in Lucindas Herzen – nehme ich Magnus mit nach Hause. Er kann kaum noch stehen, als wir endlich da sind, und ist sichtlich froh, dem Lärm zu entkommen.

Das Schloss an der Hintertür knacke ich – den Schlüssel haben wir schon vor Ewigkeiten verloren – und führe ihn durch das Dunkel über die knarrenden, hölzernen Stufen in die stockfinstere Küche, wo ich ein Talglicht anzünde.

Ich helfe Magnus in unseren bequemsten Stuhl, einen Schaukelstuhl. Für ihn eignet sich dieser perfekt. Obwohl die Schusterin nicht mehr da und der Laden im Erdgeschoss seit ihrem Tod geschlossen ist, schaukelt der Stuhl unbeirrt weiter. Mit seinem sanft geölten Eschenholz und den robusten Kufen hat er schon einiges erlebt. Aber nichts im Vergleich hierzu.

Danach ziehe ich Magnus die Stiefel aus, den Waffenrock, die Hose, alles, und darunter sieht er nicht gut aus. Stichwunden, Schnittwunden von den Zwillingsschwertern des blassen Tom, Splitter, Verbrennungen. Das Wachs der letzten Kerze muss ich mehrmals neu zusammendrücken, damit genug Licht da ist, um ihn zu verarzten. Wasser, Alkohol, saubere Stofffetzen.

Ich nähe die Wunde zwar nicht schön, aber es hält, und meine Finger tun weh, als ich fertig bin.

»Tees«, sagt er, »du bist ein echter Freund. Mir war nicht klar, wie schlimm es mich erwischt hatte.«

Ich beiße die Zähne zusammen. Jede einzelne dieser Stichwunden hätte mich umgebracht, meine dünnen Rippen sauber durchbohrt. *Bei Pans Bart!*

»Du musst dich hinlegen.« Ich helfe ihm auf.

»Vielleicht in ein Grab«, murmelt er.

»Wenn du jetzt stirbst, musst du mir zuerst die Kerze ersetzen, die wir gerade verschwendet haben.«

Magnus lacht leise. »Ich ersetze dir noch viel mehr als das. Gleich morgen früh.«

Ich diskutiere nicht mit ihm. Nicht, weil ich zu stolz bin, sondern weil er mir auf den Zehen steht. Ich unterdrücke ein Stöhnen. »Magnus, wie viel wiegt ein blinder Paladin?« Ich bin ziemlich robust – so nennt man das wohl – aber groß ist der Feind des Kleinen, egal, wie robust man auch sein mag. Und Magnus ist definitiv nicht klein.

»Hoppla. Entschuldige.«

»Schon okay«, lüge ich und spüre, wie das Blut

zurück in meine Zehen strömt. Ich streiche mir mit der Hand durch mein dichtes, braunes Haar, um mich von dem Schmerz abzulenken, und sehe, wie sich eine graue Strähne löst und zu Boden schwebt. Eigentlich bin ich zu jung für graue Haare, aber jetzt habe ich sie nun mal.

Ich erwähne auch nicht, dass Magnus sich darauf verlässt, dass Lucinda – eine stadtbekannte Taschendiebin – ihm seinen mit Königstalern prall gefüllten Geldbeutel tatsächlich aus dem Wirtshaus zurückbringt.

Ich decke ihn zu. In letzter Zeit kühlt es nachts immer mehr ab, und ich möchte nicht, dass er sich zusätzlich zu seinen Wunden auch noch erkältet.

Er schläft wie ein Murmeltier, lange bevor meine Zehen sich wieder vollständig erholt haben. Wenigstens schläft einer von uns beiden. Und er hat es dringend nötig.

Das gilt auch für mich, aber irgendjemand muss ja die Blutlache auf dem rauen Holzboden neben dem Teppich aufwischen, der sich unter nackten Füßen so schön weich anfühlt. Jemand muss die Bandagen wegwerfen, Wasser für morgen früh holen und aufbleiben, bis meine hungrigen Sprösslinge nach Hause kommen.

Ich trotte leise die Treppe hinunter und durch die Hintertür nach draußen, trage die Wasserschläuche zum nächsten Brunnen und genieße die Stille. Mit einem Lächeln lausche ich den Feiergeräuschen, die immer noch in der Ferne zu hören sind und leise zwischen Fachwerkhäusern und Holzschindeln der Nachbarschaft widerhallen. Aber da ist noch etwas anderes. Stockende Schritte, ein Flüstern auf dem mitternächtlichen Kopfsteinpflaster.

Ein Hund bellt.

Abwasser plätschert, als es aus den Fenstern der oberen Stockwerke auf die Straße gekippt wird.

Die räudige Katze des Nachbarn. *Krrrraaaaaaaaaallll!*

Mir stellen sich die Nackenhaare auf, gerade als mir ein kühler Windstoß ins Gesicht weht. Ich bekomme Gänsehaut und weiß nicht, warum. Es ist das gleiche Gefühl, das der blasse Tom in mir auslöst. Es ist wie das Knistern eines Gewitters über den Hügeln nördlich von Ector, wenn das Pferd lahmt und die Meuchelmördergilde einem im Nacken sitzt. Wie ein Herbststurm, der einen mit nasswarmer Luft in falscher Sicherheit wiegt, obwohl man genau weiß, was als Nächstes kommt: ein bitterkalter Winter.

Es ist das Gefühl von Gefahr.

Ich versuche, es abzuschütteln. Ich hasse dieses Gefühl.

Als ich mit dem Wasser zurückkomme, schnarcht Magnus wie ein Holzfäller, und Timnus und Valerie haben sich zu ihm gesellt und gemeinsam in das Doppelbett gekuschelt. Das Bett gehört zwar praktisch ihnen – da ich dort nie schlafe –, aber sie sind nicht sehr anspruchsvoll. Sie wissen, dass Magnus etwas Besonderes ist, es liegt ein Versprechen von Sicherheit und Beständigkeit im gleichmäßigen Auf und Ab seiner breiten Brust.

Sie sind jetzt dreizehn und passen kaum noch hinein: Valerie besteht praktisch nur aus Beinen, und Timnus hat melonengroße Ellenbogen. Manchmal zanken sie sich nachts darum, wer die Decke für sich beansprucht oder wer wem den Arm in die Seite gestoßen hat, aber heute schlafen sie so tief und fest wie Magnus, und greifen in der kühlen Herbstnacht so viel Wärme wie möglich von ihm ab. Irgendwie gelingt es ihnen, dass alle ins Bett und unter die Decke passen.

Ich bin mir nicht sicher, wie sie reingekommen sind. Wenn sie, wie Magnus und ich vorhin, die Hintertreppe genommen hätten, hätte ich sie vom Brunnen aus gesehen. Ich habe mich das schon öfter gefragt, wenn ich gerade beim Abwasch bin und sie dann auf einmal hinter mir stehen und mich mit leuchtenden, unschuldig dreinblickenden Augen ansehen. Sie schaffen es immer hinein, selbst wenn ich die Tür abschließe. Das heißt wohl, dass sie wenigstens etwas Nützliches gelernt haben. Damit könnten sie zum Beispiel ... Schlosser werden.

Ich bin jedenfalls froh, dass sie nicht mit leerem Magen schlafen gehen mussten. Die ganze Stadt hat gefeiert, als das Feuer gelöscht und der blasse Tom inmitten von Flammen und Rauch verschwunden war. Er ist tot; so viel steht fest. Ich habe gesehen, wie Magnus' glänzendes Schwert sein kaltes Herz durchbohrte, bevor er sich in Licht und Sterne verwandelte. Er fehlt mir, auch wenn ich weiß, dass er durch und durch böse war. Ich kann nichts dagegen tun. Als Einziger in Ector hatte mich der blasse Tom vom linken Ohrläppchen bis zur rechten Niere durchschaut, mit nur einem unheimlichen Blick und seinem Atem, der wie eine Knochensäge knarzte.

Aber jetzt ist er nicht mehr da, Magnus-sei-Dank, und er hat eine ganze Kralle voll Nachtschatten mitgenommen, so schlimm war er also vielleicht doch nicht.

Es ist völlig ruhig.

Herrlich.

Die Einsamkeit tut gut nach dem anstrengenden Abend. Ich wasche mir das Blut, den Ruß, das Gift und den Rest des Gegenmittels von meinen Fingern und sonnengebräunten Unterarmen. Billige Seifenlauge tropft in das trübe Wasser. Ich schlafe praktisch am Waschbecken ein und träume schon von meinem weichen Strohlager auf dem Dachboden.

Klopf, klopf.

Wer, in Pans Namen, treibt sich zu dieser nachtschlafenden Zeit herum, um uns mit seiner Anwesenheit zu beglücken?

Klopf, klopf.

Ich schleiche die Treppe hinunter wie ein Geist, um die Nachbarn, die Kinder und Magnus nicht zu wecken.

Es ist Petri, ungewöhnlicherweise ohne seinen Stock und sein Buch mit den Wetteinsätzen. Er riecht nach Abwasser und sieht mitgenommen aus, als hätten ihn ein paar unangenehme Kerle am Hafen vermöbelt. Außerdem hat er eine aufgeplatzte Lippe und einen Bluterguss auf der linken Wange, der sogar im wolkigen Mondlicht zu erkennen ist.

Petri steckt seine Zunge durch die Zahnlücke und wippt mit dem Kopf wie eine Elster, die jemanden beeindrucken will. Er versucht sehr offensichtlich, an mir vorbei nach oben zu spähen. Ich tue so, als wollte ich mein Gewicht verlagern und ziehe dabei die Tür ein wenig zu.

»Ich weiß, wir sind nicht besonders dicke«, sagt er »aber, bei Pans Bart, Tees, warum in aller Welt hast du den Soldaten-Priester mit nach Hause genommen? Die gesamte Meuchelmördergilde ist hinter ihm her. Da kannst du auch gleich in einer Lepra-Kolonie klauen gehen!« Petri lacht. Sein Lachen ist in etwa so charmant wie seine Witze.

Ich starre ihn an. »Ich bin Beschaffungskünstler, kein Dieb.« Das ist ein Unterschied. Finde ich jedenfalls. »Und Magnus ist ein Freund.«

»Ein Freund?« Petri starrt mich finster an. »Du kannst es dir nicht leisten, so einen zum Freund zu haben.«

Ich bleibe standhaft.

»Du kanntest ihn vor heute Abend noch nicht mal!«, hält Petri mir vor. »Er hätte mich fast meinen Job gekostet. Barkus hat eine Menge Geld verloren und ist darüber ziemlich verärgert. Und die Kerle am Hafen sind auch nicht besonders glücklich.«

»Ich habe dir gleich gesagt, du sollst dich nicht mit denen anlegen«, erinnere ich ihn. »Besonders nicht mit Frank.«

Petri zieht eine Fratze. »Der Schönling wird nicht für immer bleiben.«

Ich hatte ja schon vermutet, dass Barkus einen Anteil an Petris Gewinnen bekommt. Das war eigentlich klar, weil Barkus die Spiele organisiert. Aber sich mit den Hafenarbeitern anzulegen? Verglichen mit denen ist Barkus harmlos.

»Wir müssen zusammenhalten. Na, komm schon. Wie viel von dem Preisgeld hat Lucinda dem Schönling überhaupt gegeben? Die Hälfte? Ein Drittel? Ein Küsschen auf die Wange? Oder ...?« Er macht eine obszöne Geste.

Mein Gesicht brennt. Lucinda hat mehr Anstand, als er ihr zutraut.

»Ich habe nicht die geringste Ahnung.«

Es ist eine Sache, sich von Petri anranzen zu lassen, wenn man anständig Beute gemacht hat, die man ihm im Hinterzimmer verkaufen will, und eine ganz andere, wenn er ohne Voranmeldung einfach vor der eigenen Haustür auftaucht. Ich muss vorsichtig sein.

Irgendwas stimmt mit ihm nicht. Er steht betont gerade, aber im Schatten, und hat sich die Kapuze ins Gesicht gezogen, obwohl es in den letzten Stunden gar nicht geregnet hat.

Petri schaut sich verstohlen um, so, als ob er schon zu viel Aufmerksamkeit erregt hätte. Vielleicht ist er einfach nur nervös, weil er nicht auf seinem üblichen Posten in der Schwarzen Katze ist, oder steckt etwas anderes dahinter?

»Darf ich reinkommen?«

Nein. Oben liegen drei Unschuldige, die ich gerne von ihm fernhalten möchte. »Ich komme morgen früh in die Schwarze Katze. Ich bin ziemlich müde.«

»Kann es kaum erwarten.« Er verlagert sein Gewicht. »Es ist nur so, dass Sanjuste bis morgen Abend etwas erledigt haben will, und du bist der Einzige, dem ich den Auftrag anvertrauen kann.«

»Sanjuste?« Der Name schlägt mir ins Gesicht wie ein großer Fisch, und zwar kein frischer.

Die meisten von Petris Aufträgen sind eher schmierig, selbst wenn sie nichts mit dem Menschen zu tun haben, der versucht hat, Sarah und mich in den Ruin zu treiben, indem er Schläger auf unsere Kunden hetzte. Schläger, ihr habt richtig gehört. Als ob Sanjuste allein nicht schon schlimm genug wäre!

Er ist ein Bär von einem Mann, aber ganz anders als Magnus. Wo Magnus Form und Muskeln hat, einen Körperbau, der einer Statue würdig wäre, könnte man Sanjustes Körper mit sieben Schlägen aus einem einzigen Granitquader hauen. Das Erste, was einem ins Auge fällt (neben seiner Faust), sind die ungepflegten Stoppeln an seinem Kinn, die die Farbe von Blut haben. Sein bärtiger Kopf ist größtenteils unbehaart, seine Arme und Beine sind dick wie Baumstämme, und wenn er lächelt, zeigt sich seine ganze Grausamkeit. Er ist Schuster, aber nur im weitesten Sinne. Die Leute kaufen ihre Stiefel nur bei ihm, weil es in Unterector keine andere Möglichkeit gibt.

»Ich habe dir gesagt, du sollst dich nicht mit diesen Typen abgeben«, wiederhole ich verärgert und bin schon dabei, die Tür zu schließen.

»Warte!« Petris Stimme klingt ein wenig heiser. »Sie sind hinter dir her, Tees. Sie werden dich töten. Und mich auch. Wir sind ihnen völlig egal.«

»Noch ein Grund mehr, einen Bogen um sie zu machen. Ich würde einen Auftrag von diesem mörderischen Bastard nicht mal mit der Kneifzange anfassen«, sage ich, ohne nachzudenken. »Ich lasse Sarahs Laden zu, und seine Schlägertypen lassen mich in Ruhe. Mehr will ich nicht von ihm.«

Petri hechelt heftig, das macht er immer, wenn er wütend ist oder Angst hat, was nicht oft vorkommt. »Was soll ich denn machen?«, murmelt er. Er tut mir fast leid. Er muss heute Abend eine Menge Geld verloren haben.

»Hör zu, Petri. Ich komme morgen früh zu dir. Dann überlegen wir uns was.«

Der finstere Gesichtsausdruck kehrt auf seine Visage zurück. »Wenn es mich dann überhaupt noch gibt. Na, vielen Dank auch.« Plötzlich raschelt es auf der anderen Seite der Tür, und ich starre in die neblige Nacht.

»Bis später, Petri.«

Keine Antwort.

Ich gehe wieder nach oben und frage mich, ob ich mein Versprechen einhalten soll. Ich habe nichts zu verscherbeln und überhaupt keine Lust, für Sanjuste zu arbeiten. Er passt super zu den Nachtschatten, auch wenn er dafür eigentlich zu sehr auffällt. Und ich bezweifle, dass ich Petri irgendwie helfen kann, wenn er einen faulen Deal angenommen hat. Ich habe ihm nichts anzubieten. Er soll es lieber mal bei Barkus versuchen.

Ich fahre mit den Fingern an den Holzbalken und den Gipswänden entlang, das hilft mir, das Gefühl abzuschütteln, ausgenutzt zu werden. Der Putz könnte einen neuen Anstrich vertragen, aber die Kälte des nahenden Winters wird er noch abhalten. Meine Hände entspannen sich langsam, und ich habe meine müden Knochen kaum die Treppe hinaufgeschleppt, als es erneut klopft, diesmal sanft und zaghaft.

Klopf.

Klopf.

Klopf.

Eine vertraute Stimme fleht: »Tees? Tees?«

Carmen. Rote, wilde Locken, dazwischen schwarze, verfilzte Strähnen. Ihre zierlichen Schultern und ihre grüne Bluse sind mit Asche bedeckt und wirken bedrückt. Mein Herz klopft laut und traurig, als ich ihr rußverschmiertes Gesicht sehe, und ich ärgere mich über mich selbst, weil ich verdrängt habe, dass es ihr Laden war, der heute bis auf die Grundmauern niedergebrannt ist. Sie ist kurz davor, vor lauter Erschöpfung zusammenzubrechen.

»Tees. Ich weiß, du bist mit dem Dart-Helden ausgelastet, aber kann ich vielleicht heute Nacht bei dir auf dem Teppich schlafen? Von meinem Laden ist nur noch ein rauchender Haufen übrig und ich weiß nicht, wo ich sonst hin soll.«

Eigentlich ist Carmen unerschütterlich, aber sie leidet sehr offensichtlich, was mir nur noch mehr weh tut. Ihr Laden hat ihr alles bedeutet.

»Das ist doch selbstverständlich.«

Ich lasse sie ins enge Treppenhaus und lausche dem Rascheln ihres rußgetränkten Petticoats, als sie die Treppe hinaufsteigt. »Ich habe aber nicht viel zu essen da.«

Sie ist zu müde, um zu lächeln, und kämpft damit, sich aufrecht zu halten.

Ich führe sie in die Küche und fülle das hölzerne Waschbecken erneut, nachdem ich mein trübes Wasser aus dem Fenster gekippt habe. Sie schläft am Tisch ein, noch bevor sie sich das rußige Gesicht ganz gewaschen hat. Ich nehme ihr den Waschlappen aus der schlaffen Hand und freue mich, dass sie sich hier sicher fühlt.

Klopf. Klopf.

»Bei Pans Bart.«

Klopf. Klopf. KLOPF!

Dieses Mal ist es Lucinda. Sie hat den Arm voll sauberem Stoff für ... Bandagen? Sie wartet nicht, bis ich sie hereinbitte, sondern schiebt sich einfach an mir vorbei die Treppe hinauf.

Ich höre das Klirren eines schweren Geldbeutels – es klingt, als sei tatsächlich alles da – als sie jeweils zwei Stufen auf einmal nimmt.

Ich folge ihr bis in die Küche, wo meine letzte Kerze fast heruntergebrannt ist. »Lucinda, es ist viel zu spät, um ...«

Lucinda wirft einen Blick auf Carmen und zwinkert mir zu. »Harte Nacht, Tees?«

»Du hast ja keine Ahnung.« Ich lege einen Finger auf meine Lippen. »Siehst du nicht, dass sie schläft?«

Lucinda schaut sich um und wechselt das Thema. »Dachte, du könntest etwas Hilfe mit Magnus brauchen.«

»Er schläft auch. Komm doch morgen früh wieder.«

Lucinda macht ein mürrisches Gesicht. »Ich bleibe lieber hier. Da drüben ist immer noch eine ziemlich wilde Feier im Gange, und du brauchst vielleicht Hilfe mit Magnus.«

»Äh, na gut.«

Ich bin zu müde zum Diskutieren, und vielleicht hat sie ja recht. Ich habe sicherlich nicht mehr die Kraft, heute noch etwas für ihn zu tun. Vielleicht ist es Magnus ja unangenehm, mit ihr unter einem Dach zu schlafen, und zwar nicht, weil sie eine Taschendiebin ist, aber für den Moment spielt das keine Rolle. Er schläft wie ein Toter.

»Du wirst mit Carmen in der Küche schlafen

müssen«, ist das Beste, was meinem müden Gehirn einfällt.

»Und wo schläfst du dann?« Sie zieht fragend die Augenbraue hoch.

Ich bin zu müde, um mich von ihr aufziehen zu lassen. »Auf dem Dachboden.«

»Warum nimmst du Carmen nicht mit? Ich bin sicher, sie würde sich da oben wohler fühlen.«

Das glaube ich allerdings nicht.

»Sie schläft hier gut. Hör mal, bist du sicher, dass du Magnus helfen willst? Barkus muss doch bestimmt ein ziemliches Chaos aufräumen und kann deine Hilfe wahrscheinlich besser gebrauchen als ich!«

Lucinda wird still. Sie hat kein Problem damit, den Mund aufzumachen, aber sie weiß auch, wann sie ihn besser hält. »Hast du noch eine Decke?«

»Ich fürchte, du musst mit Carmen teilen.«

Ich hole ihnen eine Decke und wir hieven Carmen vom Stuhl auf den weichen Teppich. Lucinda geht sanfter vor, als ich sie je gesehen habe, außer vielleicht, wenn sie den Waisenkindern hinter der Schwarzen Katze etwas zu essen zusteckt. Es dauert nur einen Moment, ihr goldenes Haar mischt sich auf dem Küchenboden mit Carmens rotem, und sie ist neben ihr eingeschlafen. Carmens leichtes, sanftes Atmen wird durch Lucindas tiefere, heisere Laute überlagert.

Endlich.

Meine schmerzenden Knochen ziehen mich in

Richtung Bett. Ich bin schon fast eingeschlafen, als es an der Tür klopft.

Klopf, klopf.

HÄMMER.

HÄMMER. HÄMMER. HÄMMER.

»Juuuuhu! Haaaaallooooo? Maschter Reschoo?«

Draußen kracht es und ich höre das Klappern der Fensterläden von der Wohnung im dritten Stock auf der gegenüberliegenden Seite der engen Gasse. Die ältere Dame, die dort wohnt, ist nicht mehr bei bester Gesundheit, aber sie hat eine kräftige Lunge, gesunde Arme, und sie kann es gar nicht leiden, wenn man sie weckt.

»BEI PANS VERLAUSTEM BART! DAS SOLLTE DICH AUSNÜCHTERN, DU LÄRMENDE BRUT EINER RÄUDIGEN RATTE!«

Platsch.

»Ahhhh!«

Ich stolpere die Treppe hinunter und frage mich, welcher arme Mensch Sonja Marconis Abwasser abbekommen hat. Es ist Martel, sturzbetrunken, aber ansonsten trocken wie ein Ziegelstein direkt aus dem Ofen.

Wo sein Hemd und sein Mantel hingekommen sind, weiß nur Pan.

»Hallo!« Er sieht so aus, als könne er etwas Gastfreundschaft gebrauchen.

»Tut mir leid, Martel. Kein Alkohol in der Wohnung, du erinnerst dich?« Das ist größtenteils auch so. Ich trinke ihn bestimmt nicht, aber manchmal stehle ich ihn. Niemand *braucht* wirklich qualitativ hochwertigen Alkohol, also fühle ich mich nicht so schlecht, wenn ich ihn Petri bringe, damit er ihn weiterverkauft. Einige von Barkus' besten Getränken kommen daher, dass ich Weinkeller immer ganz besonders gründlich unter die Lupe nehme.

Martel braucht das aber nicht zu wissen, und sein Grinsen verschwindet, als ihm langsam klar wird, dass ich selbst nach Magnus' überwältigendem Sieg immer noch möchte, dass er in der Nähe meiner Kinder nüchtern ist. Aber er erholt sich schnell wieder. »Isch er da ob'n? Der Schampignon?«

Ich kann nicht anders, ich muss lachen. Ich finde Martel lustig. »Ja, er schläft. Und das mache ich jetzt auch.«

»Warte.« Martel starrt mich an. »Isch Luschinda auch da ob'n?«

Ich mache mir nicht die Mühe, darauf zu antworten. Wer weiß, was Martel tut, wenn er dahinterkommt. »Gute Nacht, Martel. Gute Nacht!«

»Isch schteh Wache«, bietet er an und schwankt bedenklich, als er langsam am Türrahmen herabrutscht, um es sich auf dem Boden gemütlich zu machen. Offensichtlich hat er nicht wirklich vor, Wache zu ›stehen‹.

»Isch halt die Aug'n auf!«

»Augen auf«, bestätige ich und schließe die Tür

langsam und vorsichtig, weil er wie ein nasser Sack davor hängt und ich ihn nicht einklemmen will.

Ich bin gerade dabei, mich in meiner Nische auf dem Dachboden einzurichten, als mir die leere Speisekammer einfällt, aber das ist jetzt auch egal: Der Schleier des Schlafes legt sich langsam über mich. Sollen sich die Gäste doch selbst kümmern. »Du musst nicht alles allein machen«, beruhige ich mich.

Es klopft wieder an der Tür, aber meine Knochen sind zu schwer, um nachzusehen, ob ich das geträumt habe oder ob wirklich jemand klopft. Stattdessen schwebe ich auf Wolken davon, begleitet von Geschrei. »Maschter Reschoo hat g'schagt, ›Kein Beschuch mehr heute!‹«

Undeutliches Gemurmel.

»Lasch losch, du Unhold, du!«

Dann platscht wieder Wasser.

Und ich schlafe ...

6

Er stürzt sich auf mich, mit sich wölbendem Mantel, schwarz wie die Nacht. Ich kann seine langen, weißen Krallen an meiner Kehle spüren. »Du musst es ihm sagen, Tees.«

»Ihm was sagen?«

Er bleibt mir die Antwort schuldig. »Ich bin tot. Aschefeuer und Sternenlicht.« Sein bleiches Gesicht lächelt schief, während Sonnenlicht auf das grüne Gras scheint. Licht und Dunkelheit wirbeln um seinen Kopf.

Ich kann nicht genau erkennen, mit wem ich da spreche. Er kommt mir bekannt vor, aber so, wie man im Traum das Gefühl hat, jemanden zu erkennen, der anders aussieht als in echt.

Ich meine mich zu erinnern, dass dieses Gesicht in Wahrheit furchteinflößender war.

»Du musst es ihm sagen.«

»Wem? Was?«, frage ich, verwirrt.

»Ich kann mich nicht erinnern, Wurmhirn. Ich bin schließlich tot.« Er hält inne und reibt seine kalten, mörderischen Fingerspitzen aneinander. »Hast du schon mal versucht, die Namen aller Leute aufzuschreiben, die du je reingelegt hast?«

»Hast du schon mal versucht, all die Male aufzuschreiben, als du tot warst?«

Ein kratziges, rhythmisches Glucksen. »Aber das bin ich, oder?«

7

Ich werde wach – es fühlt sich an, als hätte ich nur ein paar Minuten geschlafen – und rieche etwas, das wir in diesem Haus seit Jahren nicht mehr gerochen haben. Es riecht salzig und rauchig und süß, und mein hungriger Magen wirft mich so schnell aus dem Bett, dass ich mir fast den Kopf stoße.

Speck.

»Sarah?«

Der Schlaf verflüchtigt sich, und ich weiß wieder, dass sie es nicht sein kann. Es muss Lucinda sein. Oder Carmen.

Ich husche meine Leiter hinunter – ein rot-goldenes Seidenbanner, das ich mir vor einigen Jahren von einem der Aussichtstürme an der südlichen Stadtmauer ›geliehen‹ habe. (Ich weiß genau, dass sie Ersatzbanner haben, und ich kann dieses immer noch zurückbringen, wenn sie ihnen je ausgehen.) Ich spähe nicht über die

Trennwand zwischen dem Schrank, dem Schlafzimmer und der Küche; ich lasse mich direkt auf den Boden des Schlafzimmers fallen und trete durch die Tür.

Es sind nur Timmi und Magnus. Wie auch der Rest der Wohnräume befindet sich die Küche im ersten Stock. Sarah und ich haben ganz schön drauf gezahlt, als wir die Wohnung gekauft haben, damit wir das ganze Erdgeschoss für das Inventar und als Ausstellungsraum übrig hatten. Und für den Kamin im ersten Stock. *Perfektes Paar* hatten wir den Laden getauft. Damals waren wir jung und naiv.

Magnus und Timmi haben die gusseiserne Pfanne herausgeholt und braten Speck. Oder besser gesagt, Timmi brät und Magnus sitzt an unserem langen Tisch und gibt ihm Abweisungen.

»... zu heiß werden. Dann blubbert der Speck und klebt an der Pfanne.« Selbst im Sitzen ist Magnus noch größer als Timnus, der klein und kompakt ist, so wie ich.

Timnus wirkt ungeduldig und hat so großen Hunger, dass ihm das Wasser im Mund zusammenläuft. Das erkenne ich an den zuckenden Bewegungen seiner kurzen, knubbeligen Gliedmaßen, als er den Speck in der Pfanne hin- und herschiebt. Normalerweise bewegt er sich sehr kontrolliert. Ich habe ihn schon einmal dabei erwischt, wie er mit Sarahs Werkzeugen gespielt und Puppenkostüme für die kleinen Kinder in der Nachbarschaft hergestellt hat. Allerdings habe ich nie herausbekommen, woher er das Leder hatte ... und er hält es seitdem gut versteckt. Für einen Dreizehnjährigen ist er überraschend gut darin, Dinge geheim zu halten.

Aber es gibt auch Unterschiede zwischen uns. Er interessiert sich nicht so für Höhen. Er könnte ein guter Kletterer sein, aber er nutzt seine Hände lieber für andere Dinge.

Timnus nimmt das erste Stück Speck aus der Pfanne.

»Noch nicht, junger Mann«, lacht Magnus. Er kann immer noch nicht besonders gut sehen – seltsam – aber er schnuppert in die Luft. »Warte noch ein oder zwei Minuten, bis der Speck schön kross ist.«

Timmi wippt mit seinen kurzen, braunen Haaren, ohne etwas zu sagen. Er spricht nicht viel, eigentlich nur, wenn er auch etwas zu sagen hat. So bleibt mehr Spielraum für Val.

Apropos Val, ich höre ein Klopfen auf der Treppe, das Geräusch, das sie immer macht, wenn sie etwas Schweres nach oben trägt. Sie balanciert mit beiden Armen irgendetwas – wahrscheinlich Lebensmittel. Dahinter folgt Carmen, kaum zu erkennen unter einem Haufen Stoff, der größer ist, als sie selbst.

»Ähm.«

»Hallo, Tees!«, sagt sie und wird rot. »Gut geschlafen?« Sie sieht mich flehentlich an. »Wenn ich mich ranhalte, schaffe ich meinen Auftrag noch.«

»Es ist noch Platz auf dem Bett«, sage ich und betrachte den Berg, der vornehmlich aus Blau und Gelb besteht. Jetzt werde ich rot. Es gibt einen Brauch in Ector: Man muss vorsichtig damit sein, wie viel Gastfreundschaft man einer Frau entgegenbringt.

»Du brauchst dir keine Sorgen zu machen«, sagt sie, meine Gedanken erratend, »es ist nur für ein paar Tage«.

»Mach ich gar nicht«, sorge ich mich leise.

Sie legt den Stoff auf die Ecke des Bettes im Nebenzimmer, das, wie mir auffällt, ordentlich gemacht ist.

Plötzlich wird mir bewusst, dass meine Haare am Hinterkopf unschön abstehen.

Jemand schnaubt hinter mir. Lucinda. Ich drehe mich gerade rechtzeitig um, um zu sehen, wie sie Magnus behutsam seinen Gewinn von gestern Abend zusteckt. Das muss das allererste Mal sein, dass sie einen *vollen* Geldbeutel zurückgibt.

»Er ist immer noch gut gefüllt«, sagt sie.

»Mal sehen, wie lange noch«, sagt Magnus und fummelt an dem Knoten an seinem Gürtel. »Warte nur, bis wir die Waisenkinder finden, von denen du mir erzählt hast.«

Lucinda wirft mir einen verärgerten Blick zu, der mir vorhält, dass ich bei der Dosierung Mist gebaut habe. Es ist schließlich meine Schuld, dass er blind ist, auch wenn ich ihm damit das Leben gerettet habe. Zweimal. Aber das hält Lucinda natürlich nicht davon ab, mir die Schuld zuzuschieben.

Sie hilft ihm mit dem Knoten. »Bloß nicht, Magnus. Wenn du auf dieser Seite der Stadt mit Geld um dich wirfst, erregst du die falsche Art von Aufmerksamkeit.«

»Aber ich möchte ihnen helfen.«

»Sie brauchen nur einen warmen Platz zum Schlafen ...«

»Nicht hier!«, unterbreche ich sie. »Sogar die Stufen vor der Tür sind schon besetzt!«

Valerie stellt ein paar Teller auf den Tisch. Ihre kurzen, braunen, durch den Schlaf plattgedrückten Haare richten sich gerade wieder auf. Sie hat hübsche, braune Augen und ein langes Gesicht – keiner meiner Verwandten ist auch nur im Entferntesten dick –, aber ihre Beine und ihr Gesicht verraten schon jetzt, dass sie sowohl Timnus als auch mich deutlich überragen wird, wenn sie erwachsen ist.

Carmen hat mit ihren geschickten Fingern Äpfel aufgeschnitten und kein bisschen davon verschwendet. Es scheint, als hätten die Äpfel sie kommen sehen und Stiel, Kerne und Kelch kampflos aufgegeben. Sie lächelt die Kinder an, Lucinda, mich, als sie die Scheiben verteilt. Es ist das Beste, was ich seit Monaten gekostet habe, einschließlich der Mahlzeit aus Barkus' Küche von gestern Abend.

»Danke, Carmen.«

»Jederzeit, Tees«, sagt sie zweideutig.

Lucinda rollt mit den Augen.

Valerie untersucht gerade einen Fleck auf einem der ausgebleichten Holzteller. »Paps, da klopft jemand an die Tür ... Soll ich gehen?«

Meine Finger kribbeln, leicht heiß.

»Nein. Hilf Carmen.« Ich gehe zur Treppe.

»Du bekommst ganz schön viel Besuch«, bemerkt Magnus.

Timnus Grinsen erinnert mich an Sarah. »Normalerweise nur während der Steuersaison.« Ich bedeute Timnus, den Mund zu halten, aber Valerie macht genau da weiter, wo Timmi aufgehört hat.

»Letztes Jahr haben wir mehr als vierzehn Aufforderungen erhalten«, sagt sie fröhlich. »Ich habe sie gezählt.«

Magnus schaut verwirrt. »In Solonge bekommt man nur zwei! Dann schicken sie die ...«

»Hier in Ector laufen die Dinge etwas anders«, rufe ich über die Schulter, schon halb die Treppe hinunter.

Es ist noch zu früh für die Steuereintreiber, und ich habe meine Steuern für das Jahr bereits bezahlt. Oder besser gesagt, Barkus hat sie bezahlt, und ich habe sie abbezahlt, indem ich Magnus vergiftet habe, was ich auf keinen Fall noch einmal machen werde.

Wer ist es wohl diesmal?

Ich öffne die Tür und frage mich, ob der Todeszauber des blassen Tom vielleicht meine Eingangstür verflucht hat. Ich habe nämlich gerne meine Ruhe, und langsam wird es mir unheimlich.

»Teemus Rechaud?«

Ein breites Grinsen begrüßt mich, das die schrägen Augen auf dem Gesicht nicht erreicht und jedenfalls nicht zu einem Steuerbeamten gehört. Er hat einen langen, blonden Zopf, der unter seiner Kapuze hervor-schaut, ebenso wie ein spitzes Ohr. Seine Hände stecken in Handschuhen, und seine herbstlich-braune Kleidung ist für diesen Teil der Stadt ein wenig zu gut, ein wenig *zu* unauffällig.

»Wer?«, stelle ich mich dumm. Es ist meine Stan-dardantwort auf seltsame Anfragen.

Er ignoriert das. Er weiß bereits, dass ich es bin. »Ich habe eine Nachricht von Tom Leblanc von Modark.«

»Tom ist tot«, sage ich und versuche, die Tür zu schließen. »Ist letzte Nacht gestorben.«

»Ich weiß«, sagt der spitzohrige Mann, lächelt breit und tritt mit dem Stiefel gegen die Tür, sodass es mich zurückwirft. »Ihr habt ihm ganz schön übel mitgespielt, wie ich gehört habe. Deshalb ist diese Nachricht für Euch.«

Die Zeit ist plötzlich langsam wie Nebel. Nicht wie letzte Nacht, scharf und klar, als ich die Nachtschatten vor einem Meister ihres eigenen Handwerks zerfallen sah, sondern ruckelig, startend und stoppend, als wenn ich weit entfernt wäre. Aber trotzdem ist sie langsam genug, um zu sehen, wie eine Klinge unter dem Umhang hervorgezogen wird, und das ist etwas, was ich jetzt gar nicht gebrauchen kann.

Aber ich weiß, wie ich reagieren muss. Ich habe beobachtet, wie Tom mit der gleichen Situation umge-gangen ist, in einer sehr dunklen Nacht in einer kleinen Gasse, als ich ihn zufällig bei der Arbeit erwischt habe, während ich oben auf den Dächern ein Haus ausspähte.

Wenn ich so darüber nachdenke, war das vielleicht gar kein Zufall.

Ich bewege mich nicht rückwärts; ich bewege mich auf ihn zu, wobei meine Handfläche auf den Nerv trifft, der den Bizeps steuert, die Muskeln, die man für das Stechen mit dem Dolch benötigt. Meine andere Hand drückt den Knauf herunter, sodass er seine plötzlich schlaffe Hand nicht mehr bewegen kann, und stößt die Klinge durch Stoff und Fleisch. Seine Augen weiten sich vor Schmerz, aber er senkt seinen Kopf, und ich reagiere nicht schnell genug.

Volltreffer!

Sterne. Ich falle. Ich halte mich an seinem Zopf fest und schwinge vor und zurück, als es mich hinunterzieht. Als sein Kopf auf der kühlen, steinernen Schwelle aufschlägt, kracht es ordentlich. Ich zucke zusammen, als die wohl vergiftete Klinge in seinem Bein mir im Vorbeirutschen in die Wange schneidet, aber schlängele mich unter seinen Beinen hervor und rolle an Rhododendronpflanzen in zerbrochenen Töpfen vorbei, springe auf und renne, noch bevor ich merke, dass er sich nicht mehr bewegt. Blut tröpfelt auf meine Schulter und ich befürchte, dass ich gleich ohnmächtig werde.

Ich gehe zurück zum Haus, während die Leute um uns herum sich verdrücken. Der Unterectorianer an sich ist einer guten Schlägerei nicht abgeneigt, geht aber in Deckung, sobald Klingen im Spiel sind.

Mir ist schwindelig.

»Magnus?«, rufe ich. »Lucinda?«

Ich will nicht, dass die Kinder das sehen. Oder Carmen.

»Martel?«

Kein Martel weit und breit. Selbst betrunken ist er noch klug genug, sich nicht in diese Art von Ärger verwickeln zu lassen.

Ich spüre, wie es mir schwerer fällt, Wichtiges von Unwichtigem zu unterscheiden. Ich setze mich in die Türöffnung, unter den Türsturz, direkt neben die Leiche, von der ich merke, dass sie gar keine Leiche ist. Der Mann atmet noch, zittert aber, und ich kann die Wärme spüren, die er ausstrahlt. Ich sollte wahrscheinlich *irgendwas* unternehmen, aber alles, was mir einfällt, ist, den hübschen, schwarzen Ring von seinem Finger zu stehlen, bevor jemand anderes ihn findet, der nicht so vertrauenswürdig ist wie ich. Das scheint mir irgendwie wichtig zu sein.

Seine Hand ist schlaff, und es ist ein Kinderspiel, ihn abzuziehen und auf meinen großen Zeh zu stecken.

Hehe! Passt ganz gut.

Für einen Moment kann ich wieder klar denken. Tom *wollte*, dass ich seinen Ring bekomme. Nicht diesen. Den, den ich gestern Abend in der Schwarzen Katze liegengelassen habe. Er hat ihn absichtlich in das Schmuckkästchen mit dem falschen Boden in das Haus in der Laternengasse gelegt. Die Ringe sind wichtig, aber ich weiß nicht, warum.

Mein Kopf tut weh.

Ich lege eine Hand an meine Wange und fühle noch

mehr klebriges Blut zwischen meinen Fingern. Die Sonne verdunkelt sich.

Was wollte ich gerade machen?

»Magnus?«, krächze ich. Mir ist zu schwindelig, um aufzustehen.

Plötzlich heben mich große Hände hoch. »Tees. Was ist passiert?«

Ich kann ihn riechen. Es ist der Geruch von Stärke und frischen Bandagen. Er trägt mich schnell und ruhig die Treppe hinauf, als ob ich federleicht wäre.

»Botschaft von Tom.« Viel mehr bringe ich nicht heraus.

Magnus knurrt.

In der Küche waren sie beim Abwasch und Essen aber jetzt ertönen Schreckensschreie. Ich spüre menschliche Wärme um mich herum.

»Macht mal Platz«, sagt Magnus. »Timnus, stell dich auf die Treppe und halte die Augen auf. Sag Bescheid, wenn sich jemand nähert. Lass die Tür offen. Geh *auf gar keinen Fall* nach draußen. Valerie, ans Fenster. Halte Ausschau nach Männern auf den Dächern. Lucinda, Wasser. Nadel. Faden. Karmanthum. Carmen ...«

Ich mache mir Sorgen. Ich habe nicht mehr viel Karmanthum; das meiste davon habe ich gestern Abend Magnus verabreicht. Ich will nicht, dass Carmen und die Kinder das alles hier sehen, dass Timnus auf der Treppe Wache schiebt. Aber meine Zunge funktioniert nicht richtig. Mein ganzes Gesicht fühlt sich taub an, als wäre es eingeschlafen.

Valerie sagt irgendwas über Petri, der zwei Dächer weiter meine Tür beobachtet.

Wie kommt Petri auf ein Dach?

Nach einem Moment, der ewig dauert, meldet sich Timnus, atemlos und verängstigt. Es ergibt für mich keinen Sinn, aber der nicht-tote Mann von eben ist jetzt tot, hinterrücks erstochen, allerdings nicht von mir.

Ich höre Carmens Stimme, die sich mit Magnus' Stimme mischt und heftig streitet, bis sich die beiden einig werden. Ich stelle mir vor, wie die harten Linien in ihrem Gesicht weicher werden, auch wenn mein zitternder Körper nicht nachvollziehen kann, warum.

Val meldet plötzlich, dass Petri seinen Posten verlassen hat, und mit dem Schlimmstmöglichen aller Menschen spricht: Sanjuste.

Meine Kopfhaut kribbelt und meine Hände brennen. *Sanjuste.* Ich versuche aufzustehen und stolpere, während meine Hand nach einem Messer greift, das nicht da ist.

Lucinda fängt mich auf und flüstert mir aufgeregt ins Ohr, sodass es niemand hören kann: »Sie können dir hier nichts anhaben, Tees. Sie haben Angst vor Magnus.«

Ich schüttle den Kopf und versuche zu sprechen. »... alle ... vermissten Waisenkinder ...« Es ist, als ob ich wieder hier in diesem Raum bin, aber vor sieben Jahren, und beobachte, wie das Leben aus Sarah entweicht, und plötzlich ergibt alles wieder Sinn. »Sarah«, keuche ich.

Sanjuste der Schuster. Sanjuste der Grausame. Sanjuste, ein Mann, mit dem nicht einmal Tom etwas zu tun haben wollte ... Und jetzt, da der oberste Meuchelmörder von Ector verschwunden ist, gibt es niemanden mehr, der seinem Blutrausch Einhalt gebietet, nicht einmal der düstere Kodex der Nachtschatten.

Lucindas Gesicht wird blass, als sie versteht, was ich sagen will, aber *sie* bleibt ruhig und legt ihre Hand auf meine Stirn. »Magnus, er glüht richtig! Ich brauche *kaltes* Wasser.«

Ich kann nicht sehen, was die anderen machen, aber alle bewegen sich hektisch, als sie den Eichentisch abräumen und mich darauf legen.

Lucinda hört nicht auf, mir ins Ohr zu flüstern. »Halte durch, Tees. Wir kümmern uns um Sanjuste, aber wir brauchen dich. Deine Kinder brauchen dich. Carmen braucht dich. Magnus und ich brauchen dich.« Ich weiß nicht, ob das stimmt, aber es ist schön zu hören. Ich verstehe nur etwa die Hälfte der Worte, mein Herz stolpert wie ein dreibeiniger Hund, der versucht, auf einen Baum zu klettern.

Die Welt um mich herum scheint zu brennen. Sie bespritzen mich mit Wasser, schneiden mir die Kleider vom Leib, zwingen mir einen Holzlöffel zwischen die zusammengebissenen Zähne, und ich höre meinen eigenen Kopf auf den Tisch schlagen. *Poch. Poch. Poch.* Oder ist das mein Herz?

Sanjuste. Plötzlich kann ich nur noch daran denken, wie ich Sarah gesagt habe, sie solle ihn nicht unter

Druck setzen und ihm seine Kunden wegnehmen. Ihn, der im äußersten Süden gelebt und Stiefel in Byzantus gefertigt hat. Ihn, der gerne Menschen leiden sieht. Ich schätze, ich habe es schon damals geahnt.

Jetzt bin ich derjenige, der auf dem Tisch zittert, genau wie Sarah vor sieben Jahren. Nichts, was sie tun, wird mich retten können.

Er. Ich versuche, durch den Holzlöffel zu keuchen, aber mein Kiefer ist zu sehr damit beschäftigt, das Holz zu zermahlen.

Carmen – verängstigt, aber entschlossen – hält meine Hände, Lucinda meine Füße und Magnus meinen Kopf, als ich in einer Wolke aus Schmerz und weißem Licht das Bewusstsein verliere.

Für den Bruchteil einer Sekunde steht der blasse Tom über mir und tritt mir in die Seite. Sein Gesicht hat einen Ausdruck überraschten Zorns angenommen. »Steh auf, du Wicht. Geh und erteile der fetten Dumpfbacke eine Lektion. Dann kannst du sterben. Keiner meiner Lehrlinge lässt sich von diesem dreckigen Auswurf einer schleimpickeligen Sumpfkröte töten ...«

Die echte Welt blitzt auf, hellweiße Blitze brennen sich durch das orangefarbene Feuer in meine Knochen. Ich keuche und schrecke hoch.

Uuuaaaa!

Ich liege nicht mehr auf dem Tisch. Magnus hat mich übers Knie gelegt, Kopf nach unten, Füße in die Luft und versucht wahrscheinlich, so viel Gift wie möglich aus meinem Blutkreislauf herauszuhalten. Es ist lange her, dass ich mit dem Kopf nach unten über ein Knie gelegt wurde. Mein Unterbewusstsein erwartet Prügel.

Timmi weint leise und verspricht, für den Rest seines Lebens nie wieder etwas zu klauen oder die Nachbarstochter heimlich beim Wäscheaufhängen zu beobachten, wenn Pan nur seinen Paps am Leben lässt.

Magnus sagt drei Worte, seine Stimme seltsam schwach. »Es ist nicht deine Schuld, Timnus.«

Vielleicht sind es auch sechs. Ich kann mich nicht so gut konzentrieren.

»Ich habe das wahrhaft Böse gesehen, Jeremias«, flüstert Magnus.

Ich kann meinen Kopf nicht bewegen. Magnus' kräftige Arme haben mich fest umklammert, und er kneift die Haut in meinem Gesicht zusammen, bis etwas herausquillt; gelbliches Blut tropft von meiner Wange auf den Boden. Ich sehe, wie es sich neben Magnus' gigantischem, nacktem Fuß und seinen sauber geschnittenen Zehennägeln sammelt.

Ich werde immer wieder ohnmächtig, während er mein Gesicht massiert wie ein Bäcker, der Teig knetet.

Dunkelheit.

Aua.

Dunkelheit.

Au-aaaa.

Irgendwann hört der Raum auf zu schaukeln, Lucinda hört auf, mir Wasser ins Gesicht zu spritzen, und es scheint mir, als ob Valerie jetzt mit ihrer Beichte dran ist. Ich sitze aufrecht, während Carmen mir mit einer Nadel ins Gesicht sticht, als sei ich eines ihrer Kleider. Es tut nicht weh, als sie am Faden zieht, obwohl es das sollte.

»Oh, Paps. Wir hätten das nie tun sollen«, sagt Val. Sie hält mich auf dem Stuhl fest, sie ist mein Rückgrat. Es fühlt sich an, als sei jeder Muskel in meinem Körper schlaff geworden.

Ich sollte mich auf sie konzentrieren und etwas sagen, um sie zu beruhigen, aber das kann ich nicht. Mein Verstand rast. Manche Gifte töten so schnell, dass man stirbt, wenn man nicht sofort ein ebenso giftiges Gegengift einnimmt.

»Lordmort«, sagt eine Stimme in meinem Kopf. Vor meinem geistigen Auge sitze ich auf dem Querbalken in der Schwarzen Katze. Unter mir ist der blasse Tom ungewöhnlich gesprächig, erzählt Geschichten über Gift und saugt von seinem Stammplatz aus die Schatten auf. Carmen sitzt an der Bar, hört zu, trinkt aber nichts.

Stich.

Zug.

Stich.

»Lordmort«, sagt Carmen laut, während sie näht.

Leises Gemurmel im Haus.

Ich sollte tot sein.

Valerie zittert, hält mich aber aufrecht.

Als Carmen innehält, schaue ich zu Magnus hinüber. Er ist über das Waschbecken gebeugt und übergibt sich. Lucinda hat ihren Arm um ihn gelegt und hält ihn fest.

Er richtet sich auf. »... okay. Danke. So viel musste ich noch nie aufnehmen.«

Lucinda kippt den Inhalt des Beckens aus dem Fenster, spült es mit Wasser aus dem Eimer und kippt es erneut aus.

»Timmi, ich übernehme die Tür«, sagt Magnus. Er ist ziemlich bleich. Seine Augen blicken in die Ferne als er murmelt: »Behalte du die Dächer im Auge.«

Val spricht wieder. »Oh, Paps! Wir wollten dir keinen Ärger machen!«

»Wovon redest du, Val?« Meine Stimme kommt als Flüstern heraus. Ich fühle mich zittrig, als hätte ich gerade einen entlaufenen Handwagen einen Hügel hinuntergejagt.

»Es ist unsere Schuld, dass sie hinter dir her sind«, sagt sie.

»Ist es nicht ...«

»Timnus wurde wieder dabei erwischt, wie er Meister Sanjuste ausspioniert hat.«

»Erwischt?«, nuschle ich. »Wenn er dich erwischt hätte, wärst du nicht hier, um das Geheimnis auszuplaudern.« Zumindest versuche ich, das zu sagen.

Sie versteht, was ich meine. »Ich meinte nicht ›erwischt‹«, errötet sie. »Ich meinte ›gesehen‹. Wir haben ihn ausspioniert und er hat uns gesehen.«

Warum Timnus eine andere Schusterwerkstatt ausspionieren wollen würde, ist mir ein Rätsel. Wir haben unten genau die gleichen Werkzeuge, und zwar in besserer Qualität. Wenn er etwas hätte, das sich zu stehlen lohnte, hätte ich es schon vor langer Zeit als Rache dafür genommen, dass wir seinetwegen so viel arbeiten mussten. Jetzt habe ich zwei weitere Gründe, ihn zu hassen: Sarahs ›Fieber‹ und mein eigenes.

»Val. Ich habe dir doch gesagt, dass Sanjuste gefährlich ist. Er ist ein Verbrecher.«

»Aber Timmi hat mir Schuhe gemacht!«, sagt sie. »Er wollte nur wissen, wie man die Naht abbindet.«

Meine Augen wandern über ihr schmales Gesicht und ihr bräunliches Haar, ihre dünne Taille und ihre zu langen Beine bis zum Boden.

Keine Schuhe, sondern Reitstiefel. Sie sind aus feinem, festem Leder, dunkelrot, so gut zusammengesetzt, dass ich keinen Stich sehen kann. Sie sind nicht perfekt. Der Schnitt ist ganz leicht unsauber, und das Leder knubbelt hier und da, aber sie sehen zweckmäßig und stilvoll aus, definitiv keine Verschwendung von gutem Leder.

»Wow«, sage ich. »Timmi hat die gemacht?« Mir wird bewusst, dass ich mit meiner hübschen Tochter über Schuhe diskutiere, während gerade mein Gesicht genäht wird. Das Lächeln tut weh.

»Ja«, sagt sie, und wird rot. »Nicht böse sein. Du wirst wieder gesund. Es wird doch alles wieder gut, oder?«

Sie sieht mich mit der ganzen Hoffnung einer naiven Dreizehnjährigen an.

»Wir kriegen das hin«, sage ich und tue so, als ob ich mir da sicher bin.

Sie lächelt und hüpft in ihren neuen roten Stiefeln auf und ab. Sie ist so redselig, wie Timnus ruhig ist. »Ich weiß, du magst es nicht, wenn wir in den Laden gehen. Aber wir haben alle Werkzeuge zurückgelegt, damit du es nicht merkst, und ...« Ihr fällt auf, dass sie gerade etwas verraten hat, und sie wird blass. »Ups.«

»Ich bin nicht sauer.« Stattdessen fühle ich mich unvernünftig glücklich. Die Stiefel hätte ich vielleicht nicht an unsere anspruchsvollsten Kunden verkauft, aber wir hätten das Geld für Material und Arbeitsstunden locker wieder reingeholt, plus ein bisschen extra, wenn wir sie auf dem Markt verkauft hätten. »Eigentlich ist es ja fantastisch! Ihr beide könnt im nächsten Jahr die Steuern bezahlen!«

»Pa-aps!«

Lucinda betrachtet Val liebevoll, die Hände für einen Moment untätig. Ich riskiere einen Blick zu Carmen. Trotz ihres konzentrierten Blicks lassen die winzigen Fältchen um ihre Augen den Anflug eines Lächelns erkennen. Normalerweise fände ich ihre Berührung auf meinem Gesicht ja aufregend, wenn sie mich nicht gerade mit einer spitzen Nadel stechen würde.

»Woher hat Timmi den Schnitt?«, frage ich und wackle mit den Zehen. ›Wie ist er dran gekommen?‹ wäre vielleicht die bessere Frage. Ich kenne ihn, es ist der für Sarahs Lieblingsreitstiefel für Frauen. Timmi hat nicht nur Meister Sanjustes Handwerk gestohlen; er hat Sarahs geheimes Buch durchgeblättert. Ein Buch, das in einer Truhe in noch einer Truhe unter dem Mühlstein unter den Bodenbrettern versteckt war.

»Mamas Buch.«

»Du meinst das Buch, das in einer Doppeltruhe im Fundament vergraben ist?«

Das Rot auf ihren Wangen verstärkt sich. »Ich ... ich habe Timmi geholfen, sie zu öffnen.«

Ich lächle, damit sie weiß, dass alles in Ordnung ist. »Lass Sanjuste nur nicht sehen, dass du sie trägst.«

»Wegen Sanjuste«, sagt Lucinda. »Ich denke, es ist nicht besonders schlau, ihn zu ignorieren. Ich ...« Plötzlich fällt ihr auf, dass Timnus und Magnus nicht mehr im Raum sind.

8

Lucinda«, sage ich, plötzlich besorgt. »Wo ist Magnus?«

»Er hat Timmi gebeten ...«

Sie wird blass, als sie merkt, dass der Klumpen Metall, der am Kamin lag, nicht mehr da ist. Der Klumpen, der früher mal ein Schwert war.

Im Nu ist sie die knarrende Treppe hinuntergestürzt, ich stolpere ihr hinterher und Carmen und Val verfolgen uns beide.

»Tees! *Halt*! Ich hab den Faden noch nicht verknotet!«

Ich halte an.

»Val, komm zurück!«

Aber sie ist Lucinda dicht auf den Fersen, die Stiefel klappern auf dem Kopfsteinpflaster.

Klapperklapperklapperklapper.

An der richtigen Schuhgröße muss Timnus noch arbeiten.

»Tees, warte!« Carmen schließt unter dem Türsturz zu mir auf und bindet die Naht mit einer geschickten und wütenden Bewegung ab. »Ich. War. Noch. Nicht. Fertig.«

»Autsch!«

Ich blicke mich um. »Wo ist die Leiche?«

Sie wirkt beunruhigt, als sie die Zähne zusammen beißt. »Magnus hat es den Behörden gemeldet. Jemand hat die Leichenträger geschickt, als du bewusstlos warst.«

»Haben sie seine Aussage aufgenommen?«

»Nein. Sie hatten von dem Aufruhr gestern Nacht gehört und gingen davon aus, dass er dir deinen Gewinn stehlen wollte.«

Ich schüttle den Kopf. »Er war ein Nachtschatten. Sie hatten es auf Magnus abgesehen, und jetzt haben sie es auf mich abgesehen.«

»Sag das nicht, Tees.«

»Du warst gestern Abend nicht dabei, als die Finstere Gilde aufgetaucht ist.«

»Und ich bin froh darüber. Ich habe an einer Bluse gearbeitet, die ich jetzt noch mal nähen muss. Was mich betrifft, gibt es in Ector nur einen einzigen Nachtschatten, und der kann dich gut leiden. Ich habe gehört, wie er es selbst gesagt hat.«

»Wann?« Mein Herz schlägt schneller.

»Letzte Woche. Bei einem Dartspiel.«

Ich schlucke schwer. »Tom ist tot.«

Carmen schaut mich überrascht an und nimmt die Hand vor den Mund. Ein weiterer Beweis dafür, dass der blasse Tom ein seltsamer Kerl war, selbst für einen Nachtschatten. Carmen hält sich aus vielem heraus, aber Gewalt heißt sie nicht gut und schon gar nicht Mord.

Ich komme zum Thema zurück. »Tom war nicht der einzige Nachtschatten in der Stadt«, behaupte ich nachdrücklich. Ich zeige ihr den Ring, den ich meinem Möchtegern-Mörder abgenommen habe.

»Ein Ring.«

»Man nennt ihn einen Eid. Der Eid eines Nachtschattens. Man kann sehen, wie sich Rauch an seinen schwarzen Rändern bewegt.«

»Steck ihn weg, Tees«, murmelt sie. »Oder wirf ihn in den Fluss. Ich habe mehr als nur meine Schneiderei an diese Mörder verloren.« Sie schlingt ihre flinken Finger um mein Handgelenk und schiebt meine Hand in meine leere Tasche. »Ich kann den Gedanken nicht ertragen, dich zu verlieren. Oder, dass du jemanden tötest, nicht mal, wenn es ein Nachtschatten ist.«

»Ich habe ihn nicht getötet«, sage ich und stecke den Ring in meine Tasche. »Er war noch am Leben, als Magnus mich gefunden hat.«

»Wie bist du dann an den Ring gekommen?«

»Er hat sich versehentlich vergiftet, als er versucht hat, mich zu erstechen. Danach war es ziemlich einfach. Lordmort ist tödlich.«

»Können wir nach oben gehen und über etwas anderes reden?«

»Ich muss meine Kinder finden.«

Carmen seufzt. Sie macht sich Sorgen, weil ich auf den Beinen bin, aber sie sieht ein, dass ich im Moment nicht mit mir reden lasse. »Okay. Aber du solltest die Tür abschließen.«

Also schließe ich die Tür zur Treppe ab. *Wo ist Magnus?*

Wir gehen zu Fuß. Sie hält immer noch mein Handgelenk, also nehme ich ihre Hand – sie ist eiskalt – und wärme sie auf. Sie lässt nicht los.

Wir laufen den Häuserblock entlang, braune Balken und weißer Putz, ein paar Passanten und ein Metzgerstand, an dem die Wurst nicht besonders frisch ist.

Zwei Häuserblocks. Die Spannung zwischen uns lässt nach, auch wenn sie mich auf eine der hohen Türschwellen setzen muss, damit ich wieder zu Atem komme.

Ich suche die Gasse nach einem brauchbaren Hinweis ab und folge Carmens Blick bis zu einem braun gesprenkelten Steinbrunnen in der Mitte des Platzes. Ich bin mir nicht sicher, warum dort Wasser fließt – vielleicht, weil die Zisterne an der Stadtmauer zu voll ist –, aber die große Schüssel ist bis obenhin gefüllt, und zwei kleine Kinder spielen mit dem dünnen Strahl, während ihre einkaufenden Eltern ihnen den Rücken zudrehen.

Die Kinder sind bis zu den Knien durchnässt, als ob

die letzte Nacht nicht nass genug gewesen wäre, und die grauen Wolken über ihnen nicht mit noch mehr Wasser drohten. Für sie ist wohl immer noch Sommer.

Das kleine Mädchen bespritzt den Jungen. »Fang mich doch, du Eierloch!«, ruft sie. Sie hat kurzes, blondes Haar – fast weiß – und rosige Wangen.

Zuerst scheint er es nicht zu bemerken. Er tritt nach dem Wasser und tut so, als ob er sie beschützt, indem er seine mickrigen Arme wie ein Drachenkrieger schwingt.

»Hektor!« Sie bespritzt ihn, diesmal auf seine trockene, weiße Tunika, sodass er es bemerken muss.

»Was?«

»Du *hast* den Drachen schon getötet«, lächelt das Mädchen. »Ich bin in Sicherheit, du Dummerchen.«

»Oh.« Er pausiert mit den Armen, während er sich etwas ausdenkt. »Aber da ist *noch ein* Drache! Gegen den muss ich auch kämpfen«, quietscht er, hebt seinen Schwertarm über das durchnässte Leinen und bereitet sich auf eine wahrhaft epische Schlacht vor.

»Hektor! Komm her! Ich habe eine Überraschung für dich.«

Hektor seufzt aus tiefstem Herzen, läuft aber durch das spritzende Wasser zu ihr hin und bleibt gerade außer Reichweite stehen.

»Schließ deine Augen.«

»Nein, ich will nicht«, sagt er misstrauisch. Dann wird ihm wohl klar, dass er sie damit enttäuscht. »Der Drache könnte mich fressen.«

»Los, mach schon«, sagt die Kleine gebieterisch.

Dieses Mal gehorcht Hektor, aber ich sehe, dass er unter seinen Lidern hindurch schielt.

Das Mädchen kommt näher, drückt Hektor ein imaginäres Etwas in die Hand und er sieht sie verwirrt an.

»Das ist ein Ring«, erklärt sie ihm. »Du hast dich gut um mich gekümmert.«

»Oh.« Hektors Gesicht ist feierlich. »Ich werde seiner immer würdig sein.«

Ich glaube nicht, dass er diese traditionellen Worte versteht, aber Carmen versteht sie. Sie blickt über ihre Schulter zurück, als wir den Brunnenplatz verlassen.

Ich lasse ihre mittlerweile warme Hand los, damit sie sich ganz umdrehen kann.

»Wolltest du auch jemals so einen Ring haben?«, fragt sie mich vorsichtig.

»Hm?« Ich tue so, als hätte ich sie nicht gehört, während ich fieberhaft darüber nachdenke, was ich sagen soll, und laufe weiter, obwohl das Schmerzen verursacht.

»Einen guten Ring. Einen Treuering.«

Sie summt eine Melodie, während ich nachdenke.

»Einmal. Vielleicht zweimal.« Ich hebe eine heruntergefallene Blume vom Kopfsteinpflaster auf und trockne sie für sie ab, als Glücksbringer. Sie passt weder zu ihrem Haar noch zu ihrem Kleid, aber Carmen lächelt trotzdem.

Wir laufen eine Weile. Ich werde ruhiger, als ich an

meine Kinder denke. Sie sind mit zwei Menschen unterwegs, denen ich in den letzten vierundzwanzig Stunden zu vertrauen gelernt habe. Echte Freunde, wie ich das bisher nur von Carmen kannte. Aber wir suchen trotzdem weiter, nur für alle Fälle.

Auf halber Strecke über den Fluss, auf der grünen Insel, werfen alte Männer große Messingringe auf Pfähle, die aus dem Boden ragen. Sie singen einzelne Strophen alter Trinklieder, kratzen sich an Körperteilen, an denen man sich in der Öffentlichkeit nicht kratzen sollte, und blicken verstohlen zu den Frauen hinüber, die sich zum Tratschen im Schatten des Schneiderpavillons versammelt haben. Alle versuchen, das letzte bisschen weiches, graues Wetter auszukosten, bevor die Kälte kommt.

Auch das Messing singt und klirrt metallisch, wenn die Ringe aneinanderstoßen.

Nach nur zwei Häuserblocks entlang der Uferpromenade merke ich, dass ich es nicht durch Oberector schaffen werde. Die genähten Wunden in meinem Gesicht fühlen sich heiß an und schmerzen. »Ich glaube nicht, dass ich noch weit gehen kann.«

»Wir kriegen das hin, Tees.« Carmen legt tröstend ihre Hand auf meinen Arm. »Der Hüne scheint zu wissen, was er tut.«

»Magnus.«

»Magnus«, stimmt sie mir zu. »Und Lucinda passt auf Val auf. Du musst dich ausruhen. Du darfst es nicht übertreiben.«

»Lass uns zurückgehen.«

Ich folge ihr, aber es bereitet mir Mühe. Meine Schritte sind plump. Schwerfällig.

Wir nehmen die Laternengassenbrücke. Carmen schaut sich um, ihre grauen Augen erfassen alles. Ich halte den Kopf gesenkt und ignoriere die finsteren, grinsenden Fensteraugen der Häuser.

Bald sind wir fast zu Hause, nicht weit von der Schwarzen Katze entfernt. Ich zeige die Straße hinunter. »Ich möchte deinen Laden bei Tageslicht sehen.«

Sie schüttelt ihre roten Locken nachdrücklich. »Reine Zeitverschwendung.«

»Ich will ihn trotzdem sehen.«

Sie gibt nach, weil sie weiß, dass ich Dinge wahrnehme, die andere Menschen nicht bemerken. Die hölzernen Trümmer schwelen noch immer, und der Regen der vergangenen Nacht hat in den Kopfsteinpflasterspalten schlammige Aschebäche hinterlassen. Die Wand neben der Schwarzen Katze ist vollständig abgebrannt, ebenso wie die vordere Ecke des Ladens und ein Teil des Daches unmittelbar darüber. Das restliche Dach hängt gefährlich durch. Auf jeder Seite fehlen große Stücke der Wand, durch die sich die Feuerleute mit Äxten hindurchgehackt haben, um innen zu löschen. An den Stellen, an denen sich der Rauch gesammelt hat und in den Schornstein eingedrungen ist, schimmert es grünlich.

Die Trümmer geben mir neue Kraft. Ich helfe Carmen, ein paar ihrer Besitztümer zu bergen, darunter ihren Lieblingsfingerhut, und wir sprechen darüber, dass es sinnlos ist, den Stoff zu waschen, der in ihrem Lager noch übrig ist. Wer will schon ein nach Rauch stinkendes Hemd? Aber vielleicht können wir den übelriechenden Stoff irgendwie anders nutzen.

»Wir könnten ihn über Nacht auf die Leine hängen.«

»Können wir versuchen.« Ich bin nicht optimistisch, aber wir sammeln ein, was noch einigermaßen gut aussieht, und drapieren es über die Pferdepfähle vor der Schwarzen Katze.

Als ich in den Trümmern herumkrieche, steigt Wut in mir auf, wenn ich an die Menschen denke, deren Existenzen in Ector zerstört wurden. Carmens Schneiderei, meine Familie, Beständigkeit an sich. Es gibt eine Seuche hier, und das sind wir. Tom und seine Kumpane. Männer wie Sanjuste. Sogar Barkus, der Waisenkinder mit Essensresten erpresst.

Es wirft mich fast um, wie das Gift von heute Morgen. Oder vielleicht ist das Schütteln ein Nachbeben? Jemand hat heute versucht, mich umzubringen. Vor den Augen meiner Kinder. Ich bin vielleicht klein, aber wenn es mit mir zu Ende geht, nehme ich ein paar große Menschen mit, und zwar nur solche, die mir nichts bedeuten.

Ich überquere das Kopfsteinpflaster und husche unauffällig in die Schwarze Katze, während Carmen nochmal unter die Holztrümmer schaut.

In Wahrheit knacke ich das Schloss und schiebe den Riegel zurück, die mir beide nicht gewachsen sind. Ich würde ja das Loch in der Wand nehmen, aber irgendjemand hat es bereits zugenagelt.

Meine Augen gewöhnen sich sofort an das Zwielicht, viel schneller als normalerweise. Was mir als Erstes auffällt? Die Tafel mit dem amtierenden Meister wurde abgenommen. An ihrer Stelle befindet sich jetzt die Dartscheibe von gestern Abend, mit Magnus' Siegeswurf, der sich in das Metall gebohrt hat, flankiert von Grippys beiden Würfen.

Ich stecke meinen neuen schwarzen Ring von heute Morgen an und sehe alles noch schärfer. Ich bin wütend. Und schnell. Und ich habe das unnatürliche Bedürfnis, zu lächeln, während es mich schaudert.

Ich nehme den Ring wieder ab, obwohl er an meinem Finger haftet. Er ist zu klein.

Ruhig. Langsam.

Steck den Ring wieder an.

Es schwelt. Stark. Lächelnd.

Dann höre ich ein Schlurfen aus der Küche. »Tamara? Bist du das?«

Barkus sieht an meiner Silhouette, dass ich nicht Tamara bin.

»Wir machen erst in einer Stunde auf. Ich kann die Garde rufen, wenn du eine zweite Meinung benötigst.«

Ich werde jetzt nicht den Schwanz einziehen. Ich springe auf die Theke aus poliertem Kastanienholz, wo Petri normalerweise seine Buchmacherkiste bewacht. Es ist ein brusthoher Sprung, aus dem Stand, aber ich stehe ihn leicht, obwohl ich den Aufprall in meinem

Magen spüren kann. »Ich habe meine eigene Meinung, danke«, sage ich leise.

Ich versuche, möglichst bedrohlich auf der Theke zu kauern, eine Hand vor dem Gesicht und mich nach der plötzlichen Bewegung nicht zu übergeben. Meine Fingerspitzen drücken in die Holzmaserung und stützen mich.

Barkus atmet hörbar ein. Eine unkenntliche Gestalt, die auf der Theke einer geschlossenen Bar kauert, so beginnt keine Komödie. Sein Gesicht ist kreidebleich, und er will in die Küche fliehen.

»Beweg dich und ich ramme dir meinen Dolch ins Ohr.«

Es ist ein Bluff, aber er geht kein Risiko ein. Er erstarrt.

Ich krieche entlang der Bar auf ihn zu und versuche weiterhin, mich nicht zu übergeben.

»Petri hat gestern Nacht versucht, mich für einen Auftrag zu rekrutieren. Was für einen?«

»Tees? Ich weiß davon nichts«, bettelt er. Er hat seine Augen abgewandt, unterwürfig.

Das kenne ich von ihm gar nicht.

»Wo ist Petri?«, frage ich.

»Ich ... ich weiß es nicht.«

»Nicht? Wundert mich nicht, dass er nicht hier ist, nachdem er einen Nachtschatten wütend gemacht hat.« Ich lasse das nachwirken und gewähre ihm aus dem Augenwinkel einen Blick auf meinen neuen Ring. Alles in allem gefällt mir der, den ich vom blassen Tom bekommen habe, besser. Dieser hier wirkt auf mich säuerlich und verrückt. Ich kann es kaum erwarten, ihn abzuziehen und in den nächsten Brunnenschacht zu werfen.

»*Was* weißt du, Barkus? Ich habe nicht viel Zeit.« Oder die notwendigen Fähigkeiten. Oder die charakterlichen Anlagen dazu. Aber das weiß er ja nicht. Ich nehme mein Messer und inspiziere die Klinge im Zwielicht, so, wie ich das bei anderen oft gesehen habe.

Es scheint zu wirken, denn Barkus redet sofort los. »Sanjuste kam gestern Abend, als wir anfingen, die Leute nach Hause zu schicken, und sagte, er suche nach Petri.« Barkus schwitzt jetzt und es riecht nach Zwiebeln. Ich schätze, er ist nicht so hart, wie er aussieht.

»Ich dachte, Sanjuste kommt hier nie vorbei«, knurre ich.

»Er muss das mit Tom gehört haben.«

Ich denke kurz darüber nach.

»Warum hatte er Angst vor Tom, Barkus?«

»Jeder hatte ...«

»Verschwende nicht meine kostbare Zeit.« Ich steche mit meinem Messer ein bisschen in die Luft und er zuckt zusammen.

»Tom hätte ihm einmal fast die Kehle durchgeschnitten, weil er angeboten hatte, etwas für ihn zu erledigen. Bitte, Tees. Das darf ich gar nicht wissen.«

Draußen höre ich, wie Carmen nach mir ruft. »Tees?«

Mir bleibt nicht mehr viel Zeit.

Barkus starrt auf meinen Ring.

Ich folge seinem Blick. »Ja. Das bin ich.« Das ist streng genommen natürlich nicht ganz richtig: Ich habe keine Eide geschworen. »Sag diesem Mistkerl Petri, wenn er – oder irgendein anderer Verbrecher, Buchmacher, Schuster oder Nachtschatten – jemals wieder sein Gesicht in der Erlösergasse zeigt, werden sie sich wünschen, Master Tom wäre zurück.« Ich versuche, sein höhnisches Lächeln so gut es geht nachzuahmen, stolziere zur Tür und füge in letzter Minute hinzu: »Und wenn jemand auch nur daran denkt, meine Kinder oder meine Freunde schief anzusehen, dann feiern wir eine kleine Tom-Party – so wie sie die Welt noch nicht gesehen hat!«

Barkus zuckt, sagt aber nichts. Er nickt nur, und seine Augen blicken kurz zur Kellertür, wo jetzt ein leises Rascheln ertönt. Ich sehe Tamaras Augen aus dem Spalt hervorschauen, und ich widerstehe dem Drang, ›Buh‹ zu rufen. Gestern noch hätte sie mich vorne rum angelächelt und hinten rum versucht, mich um einen Damenpenny zu erleichtern. Nur so zum Spaß, natürlich.

»Hallo, Tamara«, sage ich stattdessen. »Hast du gestern irgendetwas zusätzlich in den Trank gemischt, den du Magnus gegeben hast?«

»Nein.«

Ich höre, wie ihr Haar an der Tür entlang schabt, als sie den Kopf schüttelt.

»Er kann immer noch nicht gut sehen«, sage ich.

»Versuch mal Karmanthum.«

»Haben wir schon.«

»Dann weiß ich auch nicht.«

So, wie ihre Stimme durch die Kellertür kommt, nehme ich an, dass sie mit dem Bauch nach unten auf der Steintreppe liegt. Eine seltsame Art, sich zu verstecken.

»Das sieht nicht bequem aus.«

»Ist es auch nicht.«

Ich gehe, damit sie sich wieder an die Arbeit machen können, und bevor ihnen bewusst wird, was hier gerade Verrücktes passiert ist. Ich habe so getan, als wäre ich ein Nachtschatten. Habe die Unterwelt bedroht und Sanjuste und Petri eine Botschaft geschickt, dass mir tanzende Dolche nichts ausmachen. Ich bin zwar hart im Nehmen, aber ich bin kein Mörder, auch wenn ich, um zu überleben, manchmal eine wohl platzierte Drohung aussprechen muss.

Auf der Hauptstraße beginne ich zu zittern und höre nicht auf, bis ich die Erlösergasse erreiche, nicht einmal mit Carmens Hilfe. Von Weitem schon sehe ich Valerie, die am Haus lehnt und mit einer Feder spielt, während Lucinda frustriert an meine Tür klopft.

»Tees. Wir wissen, dass du da oben bist!« Es ist doppelt ironisch, weil ich ja jetzt weiß, dass Val die Tür in wenigen Augenblicken mit der Feder öffnen könnte, aber Lucinda muss das ja nicht wissen.

Carmen lacht leise und ich fühle mich leichter.

»Ich komme, Lucinda. Und hetz mich nicht auf der Treppe. Ich hatte einen ganz schlechten Vormittag!«

Carmen lacht erneut, diesmal zusammen mit einer verschmitzten Valerie, die uns hat näherkommen sehen.

Ich lächle sie an. Ich kann nicht anders. Ich habe meine Kinder lieb.

Lucinda hört auf zu hämmern und dreht sich kleinlaut um. »Oh! Tees! Ich dachte, du wärst zu Hause geblieben.«

»Nein.« Ich schüttle den Kopf und merke, wie müde ich bin.

»Habt ihr Magnus oder Timmi gefunden?«, fragt sie.

»Nein.«

»Sie werden schon wieder auftauchen«, wirft Carmen ein.

Ich lasse mich von ihr nach oben führen und mir sagen, was ich zu tun habe. Als sie sagt, ich müsse ein Nickerchen machen, folge ich ihren Anweisungen aufs Wort, auch der, dass ich mich in das Bett legen soll, in dem ich seit sieben Jahren nicht mehr geschlafen habe.

9

A ls ich aufwache, hat Carmen eine Schüssel Brühe für mich, salzig, mit etwas Hühnchen darin, um den Kartoffeln und Karotten mehr Geschmack zu verleihen. Es ist nicht das Allerbeste, was ich je gegessen habe, aber es ist nah dran. Sie beobachtet mich wachsam.

»Wirklich lecker«, versichere ich ihr. »Willst du nicht auch was essen?«

Carmen blickt zu Lucinda hinüber, die in einem der wenigen Bücher blättert, die ich über die Jahre behalten habe. Sie starrt es gierig an, während Val erzählt, dass ich ihr früher immer Gutenachtgeschichten vorgelesen habe. »Wir haben vor etwa einer Stunde gegessen«, sagt Carmen.

»Vor einer Stunde? Plus Kochzeit?«

Sie nickt und nimmt mir die Schüssel ab, als ich

fertig bin, obwohl ich darauf bestehe, sie selbst zu waschen.

»Ruh dich aus.« Ihre Hand drückt mich fest auf meinen Stuhl zurück.

»Okay.«

Ich kann Lucindas Blick spüren, und ich ziehe die Augenbrauen hoch. *Was denn?*

Sie legt ihr Buch ab und kommt zu mir herüber, unauffällig wie ein Taschendieb. Niemand sonst bemerkt sie.

»Wie hält man einen Dolch richtig?« Ihr Blick ist entschlossen, sie wird sich nicht mit einer ausweichenden Antwort abspeisen lassen. »Jemand muss euch beide beschützen«, sagt sie und blickt zu Carmen hinüber.

»Und Magnus?«

Sie ignoriert die Frage. »Was muss ich tun?«

»Kommt auf die Art von Dolch an«, flüstere ich zurück.

Sie zeigt mir einen rostigen, zweischneidigen Ralfischen mit einer dünnen, kurzen Parierstange. Seine beste Zeit hat er hinter sich, scheint aber noch funktionstüchtig und nur leicht überdimensioniert für ihre Hand. Keine schlechte Wahl für einen Anfänger.

»Rückwärts, Hammer, vorwärts und mit der Handfläche verstärken.« Ich zeige ihr die verschiedenen Griffe an meiner Seite, sodass sie niemand sonst sehen kann. »Stich immer mit der Vorderseite. Nur Idioten und

Nachtschatten benutzen den handflächenverstärkten Griff, und der Rückwärtsgriff dient dazu, Menschen hinterrücks abzustechen. Jedenfalls meistens.«

»Danke, Tees.«

»Solange du mich nicht damit erstichst.«

Sie lächelt beruhigend, und steckt ihn mit funkelnden Augen wieder in ihre Tasche. Er rastet mit einem leisen Geräusch ein.

Interessant.

Unten fliegt die Tür auf und eine kleine Gruppe kommt herein. Sie streiten und reden, und ein überraschend vernünftig klingender Martel gibt damit an, einmal eine ganze Woche lang nüchtern gewesen zu sein.

Timmi gratuliert ihm zu dieser unvergleichlichen Leistung. »Wenn du so weitermachst, lädt Paps dich bestimmt mal zum Essen ein.«

Vielleicht sollte ich meine Regeln noch einmal überdenken. Ich bin schließlich auch kein Heiliger.

Lucinda läuft blitzschnell die Treppe hinunter.

»Hallo, Lucinda!«

»Hallo, Martel. Schön, dich zu sehen.« Pause. »Magnus ...«

Ich kann nicht verstehen, was sie zu Magnus sagt, aber seine Antwort ist so unaufgeregt wie eine leichte Sommerbrise.

»Lucinda, du musst das melden. Die Stadtgarde muss so etwas wissen, sonst können sie nichts tun.«

»Sie tun doch eh nichts, wenn man sie nicht

besticht.«

Ich höre Schritte auf der Treppe.

»Martel, komm, iss mit uns.«

Martel lehnt Magnus' Einladung ab. »Ich habe Tees versprochen, die Tür zu bewachen.«

»Keine schlechte Idee«, bekräftigt Magnus. »Wir bringen dir etwas zu Essen runter.«

Sie zanken sich noch immer, als sie die Küche betreten. »Timmi sagte, wir könnten ihnen vertrauen«, argumentiert Magnus. »Gibt es denn niemanden hier in Ector, der ehrlich ist?«

Ich suche seinen Blick. »Doch, gibt es.«

Er strahlt mich an, aber schaut genau an mir vorbei.

»Entspann dich, Lucinda!«, wirft Timmi ein. Seine piepsige Teenagerstimme ist voller Entrüstung. »Wir waren am Nordtor!«

»Ihr seid den ganzen Weg zum Nordtor gelaufen?«

Ich ziehe die Augenbrauen hoch genug, dass ich Carmens Stiche auf meiner Wange spüre.

Die Stimme meines Sohnes trieft vor Sarkasmus. »Was glaubst du denn, warum wir den halben Tag weg waren? Weil wir langsam sind?«

»Was ist mit Hauptmann Jakob?«, fragt Val. »Weißt du noch, als er ...«

Timnus hat ein Quäntchen mehr Geduld mit ihr. Er kann sie gut leiden, er kann es allerdings überhaupt nicht ausstehen, wenn jemand davon ausgeht, dass er etwas nicht durchdacht hat. Während Val jemand ist, die sich in Dinge hineinstürzt, denkt Timnus erst nach, wie seine Mutter.

»Val, hast *du* Hauptmann Jakob in letzter Zeit gesehen?«

»Nein.«

»Nun, ich auch nicht. Und bei all dem Rotz in letzter Zeit wollte ich Magnus nicht unbedingt mit ins Gardelager nehmen, um nach ihm zu suchen.«

Val hält nicht gegen. Sie vertraut auf Timmis Urteilsvermögen, wenn sie merkt, dass er es benutzt. So wie ich Sarahs vertraut habe. »Du hättest uns wenigstens sagen können, was ihr vorhattet. Lucinda und ich haben ganz Unterector nach euch abgesucht!«

Timnus blickt entrüstet, sagt aber nichts.

Magnus schüttelt ungläubig den Kopf. »Niemand sollte quer durch die Stadt laufen müssen, um einen Gardisten zu finden, dem er vertrauen kann.«

»Wir können uns glücklich schätzen, *einen* zu haben, dem wir vertrauen können«, murmelt Lucinda.

DAS ABENDESSEN VERLÄUFT RUHIG. Ich habe noch nie wirklich darüber nachgedacht, dass bestimmte Dinge in Ector nicht normal sind – unsere Garde zum Beispiel. Die war schon immer so. Magnus klagt darüber, dass seine Augen immer trüber werden und die Kopfschmerzen zurückkommen. Das dämpft die Stimmung, vor allem meine. Das dauert alles schon viel zu lange.

Das Essen schmeckt lecker, und dank Magnus und Carmen haben wir ein Festessen, wie es das in diesem Haus noch nie zuvor gegeben hat. Bratkartoffeln und Möhren mit Knoblauch und Butter. Noch mehr in Scheiben geschnittene Äpfel. Kräftiges braunes Brot, dick mit Butter bestrichen und mit geschälten Kürbiskernen bestreut. Frische Milch. Zwei (kleine) geschmorte Hühner. Ein dowardischer Hartkäse von einem dankbaren Kunsthandwerker, den Lucinda nach drei Wochen in seinem Käsekeller entdeckt hat, wo er sich versteckt gehalten hatte, weil der blasse Tom Gerüchten zufolge einen Anschlag auf ihn plante. (Lucinda vermutet, dass das Gerücht von einem Rivalen in die Welt gesetzt wurde, und Magnus ist der Einzige, der sich über die Ungerechtigkeit einer solchen Taktik beschwert. Der Rest von uns kennt das zur Genüge.)

Die Aufräumarbeiten gehen trotz Magnus' Versuchen zu helfen schnell vonstatten, wobei die Zwillinge den anderen zeigen, was in welche Schränke gehört. Lucinda verpflichtet sich, am nächsten Morgen einkaufen zu gehen. Nicht nur, weil die Leute morgens oft noch nicht wach genug sind, um Langfinger zu bemerken. Bisher hat sie auch immer den Morgeneinkauf für Barkus erledigt. Ich frage mich, wen er an ihrer Stelle schickt. Wahrscheinlich Geller, einen der Köche.

Lucinda nimmt Bestellungen entgegen und sagt: »Magnus, du solltest besser deinen Geldbeutel im Blick behalten, sonst kaufe ich mir davon noch etwas Hübsches.«

Magnus errötet. »Du brauchst dir nichts anderes anzuziehen, um hübsch auszusehen.« Bei seinem Ausflug in die Oberstadt scheint er sich ein wenig mehr mit der Art knapper Kleidung vertraut gemacht zu haben, die einige Ectorianerinnen als ›hübsch‹ bezeichnen. »An dem, was du trägst, gibt es *nichts* auszusetzen.«

»Nichts?«, neckt ihn Lucinda.

Magnus errötet tiefer.

Ich verkrümele mich, weil Carmen mich nachdrücklich ansieht, als würde sie dasselbe erwägen. Ich stelle sie mir nicht in etwas ›Hübschem‹ vor, zumindest würde ich das niemals zugeben.

Und ich werde auch ganz sicher *nicht* rot.

Lucinda flüstert Carmen etwas ins Ohr, als ich gehe, und Carmen grinst über das ganze Gesicht.

Ich stecke meinen Kopf noch einmal durch die Tür, um etwas klar zu stellen: »Von allem, was Lucinda erzählt, kann man höchstens die Hälfte glauben.«

»Na, das ist doch schon eine ganze Menge«, erwidert Carmen und Lucinda lacht.

Mein Lager auf dem Dachboden ist nicht mehr so gemütlich wie ich es in Erinnerung habe. Unten wird gelacht und wahrscheinlich errötet auch der ein oder andere, und sie beschließen, Martel auf seinem Posten vor der Tür etwas zu essen zu bringen. Ich krieche aus einer versteckten Luke zwischen den braunen Holzschindeln aufs Dach und schaue über die Regenrinne auf ihn hinunter. Er hat sich von irgendwoher einen großen Becher mit etwas Hochprozentigem organisiert, aber er scheint nichts davon zu trinken. Vielmehr sitzt er aufrecht und tastet mit wachen Augen die Sterne und Dächer ab. So nüchtern habe ich ihn noch nie gesehen.

Ich krieche zurück auf meinen mit Stroh gepolsterten Dachboden und rieche verblichenes Gras und Stofffetzen, die ich gesammelt habe. Es ist warm und sauber. Ein sicher riechender Ort.

Ich nicke ein.

DER BLASSE TOM wartet nicht lange, bevor er mich heimsucht. »Hast du mich nicht getötet?«

»Nein.«

Tom scheint darüber nachzudenken. »Hmm. Ich nehme an, das ist gut«, sagt er, ohne sich seiner Heuchelei bewusst zu sein, und summt ein Klagelied, während ich durch eine Traumlandschaft aus Seilen und Bannern wate.

»Wer war es dann?«, faucht er schließlich.

»Magnus.«

»Oh.« Seine Stimme klingt mürrisch und er knabbert an einem Fingernagel. »Ich hatte gehofft, in Strömen von Blut zu sterben.«

»Es war eine ziemlich anständige Vorstellung.«

»Aber du musst ihm geholfen haben. Hast du meinen Körper wenigstens zerstochen, verstümmelt, geblendet, bestohlen oder anderweitig Gewalt ausgeübt?«

»Ich habe dich nicht angefasst.«

»Hast du wohl. Ich kann es fühlen.« Er deutet auf seine Brust.

Ich schüttle nachdrücklich den Kopf, bis ich mich daran erinnere, wie ich meine kleine Klinge in sein Schlüsselbein versenkt habe. Ich spüre das warme Blut unter meinen Fingerspitzen.

Tom sieht meine Antwort, noch bevor ich etwas sage. »Natürlich hast du das. Deshalb habe ich dich ausgewählt.«

»Wofür?«

Tom beginnt wieder zu verblassen. »Kann mich nicht erinnern.«

DANN LIEGE ich wieder in meinem Bett und schwitze wegen des Giftes, das ich heute Morgen verabreicht bekommen habe.

Jetzt bin ich wach. Unten höre ich Magnus' entspanntes Atmen, schwer wenn er ausatmet, im gleichen Tempo wie die schlafenden Zwillinge.

In der Küche brennt eine Kerze. Ich höre Lucinda mit Carmen plaudern, die immer noch an einem geheimen Projekt arbeitet, das sie niemandem zeigt. Sie kichern, als die Glocke zum Wachwechsel läutet. Die meinen das ernst mit dem Lange-Aufbleiben.

Ich lausche. Es ist eine Angewohnheit, der ich mich nicht entziehen kann, wie Essen, Atmen oder Klettern.

Carmen spricht über die verschiedenen Stichtechniken und wofür sie gut sind und warum die Leute aus der Oberstadt bereit sind, dafür zu ihr nach Unterector zu kommen.

Lucinda klingt ungeduldig. Das ist kein Thema, das sie interessiert, bis vielleicht auf den praktischen Aspekt des Anziehens. Sie wechselt das Thema und spricht über mich. »Was ist mit Tees?«

Ein Klappern ertönt, als etwas auf den Tisch gelegt wird. Ihre Stimmen werden leiser, aber bald vergessen sie wieder, zu flüstern. »...würde keiner Fliege etwas zu Leide tun, Carmen. Er ist schlau, aber er ist auch liebevoll.«

»Ich weiß, er ist nicht wie Brock, Lucinda, aber ich habe trotzdem Bedenken. Und ich will nicht für den Rest meines Lebens in Unterector bleiben. Dafür habe ich zu hart gearbeitet.«

»Tees ist klein und handlich. Du kannst ihn mitnehmen. Er passt fast überall hinein, und er lernt schnell. Ihr beide – ihr vier – müsstet nicht in Unterector bleiben. Hast du die Schuhe gesehen, die Timmi schustern kann?«

Die Pause wiegt schwer.

»Ich mag die Kinder auch gerne.«

Ich will lächeln, aber meine Wange hat etwas dagegen.

Das Gespräch wandert zu Magnus. Das merke ich daran, dass ich seinen Namen höre, und es klingt so, als ob Lucinda einen Rat will. Ihre Stimmen sind zu leise, um sie zu verstehen, aber jetzt redet vor allem Carmen, deren Stimme den Ton einer älteren, erfahreneren Schwester annimmt.

Trotzdem verstehe ich das eine oder andere.

»Und? Magst du ihn?«, fragt Carmen.

»Vielleicht?« Lucinda klingt verwirrt. »Ich habe noch nie jemanden kennengelernt, der andere ...« Sie verstummt.

»... mit so viel Respekt behandelt?«, schnauft Carmen. »Wenn du woanders aufgewachsen wärst, wäre das nicht so ungewohnt für dich.«

Lucinda lacht. Ich verstehe nicht, was sie antwortet, aber Carmen heult in gespielter Entrüstung auf.

»Du bist mir eine! Du solltest mit den Schankmagd-Spielchen aufhören. Er ist so rot geworden, ich dachte, er setzt das ganze Wirtshaus in Brand.«

Schließlich wird ihr Kichern und Lachen leiser, dann höre ich unten Seufzer und das Rücken von Stühlen. Die Kerze erlischt.

»Danke, Carmen. Das hat gutgetan.« Lucindas Stimme.

»Gern.« Carmens sanfte Stimme gesellt sich zu dem Klackern der Schlösser ihrer kleinen Stofftruhe: »Sei einfach du selbst, Lucinda. Und hab etwas Geduld.«

»Das kann ich nicht besonders gut.«

»Du bist doppelt so clever wie wir alle zusammen. Du kriegst das schon hin.«

10

ch liege im Bett und warte darauf, dass der Schlaf zurückkommt, aber er ist wohl ausgeflogen. Ich zittere immer noch. Vielleicht wäre es gut, mich ein wenig zu bewegen. *Mal wieder über die Dächer pirschen*, meint mein Körper.

»Okay. Aber keine Dummheiten.«

Ehrenwort, gibt er zurück.

Vielleicht hat er recht. Ich habe das Pirschen schon immer gemocht. Geräusche verraten zu viel. Beim Pirschen kann man seine Seele verbergen.

Ich habe mich damals oft ins Haus geschlichen und Sarah an ihrer Werkbank überrascht, nachdem ich den Ring von ihr angenommen hatte. Die ersten paar Male war es noch lustig, bis sie irgendwann vor Schreck mit dem Hammer nach mir schlug. Ich hätte sie vielleicht lieber beim Waschen erschrecken sollen, Wasser tut nicht weh.

Schade, dass mir das nicht früher eingefallen ist.

Und Klettern. Bei Pans Bart klettere ich gerne. Als ich klein war – nicht, dass ich besonders groß geworden bin – kletterte ich auf die Bäume vor den Stadttoren, bis die Äste anfingen, sich zu biegen. Ich konnte höher und schneller klettern als jedes andere Kind in der Stadt. Die Gardisten nannten mich »Derschonwieder«, weil sie immer über mich stolperten.

Ich klettere hinunter und dann zum Spaß noch zweimal an meinem Banner hoch, experimentiere mit verschiedenen Schlingen, lasse mich immer wieder herunterrutschen und versuche, mich abzufangen. Zögere es immer weiter hinaus. Der Vorhang rutscht. Ich schwinge. Ich stelle mir vor, wie das restliche Gift mit meinem Schweiß aus mir heraus perlt und auf die Bohlen tropft, und meine Gedanken verselbstständigen sich.

Woran arbeitet Carmen wohl gerade? Ich würde natürlich nie etwas tun, was ihr schaden könnte, aber ein kleiner Blick ist doch harmlos, oder?

Nur ein einziger Blick?

Ha.

In der Küche ist es jetzt stockdunkel, aber ich zünde keine Kerze an. Ich weiß, dass Lucinda und Carmen sich Feldbetten aufgestellt haben, und ich weiß, wie ich sie umgehen kann. Carmens Truhe steht auf der gegenüberliegenden Seite des Zimmers, unter dem Tisch.

Herauszufinden, an welchem geheimen Projekt sie

arbeitet, ist aufregend und furchteinflößend zugleich, obwohl ich nicht genau sagen könnte, warum.

Es ist wahrscheinlich irgendein Kleid für die dicke Herzogin aus der Rosensiedlung oder für Lady Sterling, so knochig und dünn, dass die Kinder denken, sie habe Würmer. Das finde ich wenig erfreulich. Carmen kann die erlesensten Kleider schneidern. Warum sollte man ihre Qualitätsarbeit an solch mürrische Gesichter verschwenden, selbst wenn sie vermögend sind? Es ist nicht zu übersehen, dass sie auf die Menschen von Unterector herabschauen.

Obwohl, eigentlich ist es ja egal, woher das Geld kommt.

Vielleicht tue ich mich deswegen schwer damit, Steuern zu zahlen und Brot zu kaufen. Es ist nicht leicht, Opfer zu finden, die ich ohne schlechtes Gewissen bestehlen kann. »Du bist zu gutmütig«, sagt Lucinda immer. »Du könntest der reichste Mann in Ector sein!«

Jaja. Ich habe nicht das geringste Interesse daran, denjenigen, die sowieso schon leiden, das Leben noch schwerer zu machen. Lucinda versteht das, auch wenn sie es nicht zugeben will: Mehr als die Hälfte dessen, was sie stiehlt, wird für Essen für Benachteiligte ausgegeben.

Ich entscheide mich um und klettere das Seidenbanner bis zur Hälfte hoch. Es geht mich nichts an, woran sie arbeitet.

Meine Hände sind da allerdings anderer Meinung.

Für Qualität haben sie etwas übrig. Ich rutsche bis auf ein Drittel hinunter. Wenn ich wüsste, was es ist, könnte ich vielleicht ein passendes Accessoire oder einen passenden Stoff finden, irgendwas, das es veredelt.

Mir ist bewusst, dass ich mir die Situation schönrede, aber jetzt hält mich nichts mehr zurück. Ich rutsche die restliche Seide hinunter, lande leise und schleiche, nein gleite, auf Zehenspitzen durch das Schlafzimmer und habe meine Hand in der Truhe, bevor ich überhaupt merke, was ich da tue.

Was ist das?

Das Material ist unsagbar weich. Es ist ein Stoff, wie ich ihn noch nie zuvor in der Hand hatte, einer, der selbst Wärme abgibt, ich kann sie in meiner Hand spüren, als sie von dem dünnen Stoff zurückgeworfen wird.

Die Form aber ist vertraut – Leggings, eher schmal –, die ist sicher nicht für die dicke Herzogin. Zum einen trägt sie keine Leggings. Zum anderen glaube ich nicht, dass die dicke Herzogin *jemals* so dünn gewesen ist. Tatsächlich gibt es nicht viele Leute in der Stadt, denen sie tatsächlich passen *würde*. Ein paar Kindern vielleicht ...

Ich lasse sie los und lege sie vorsichtig wieder an ihren Platz zurück. Ich bin einfach schon viel zu lange hier eingesperrt und muss dringend mal raus, das Schnüffeln im Haus reicht nicht.

Nur ein klitzekleiner Streifzug.

Nein. Ich muss hier bleiben und meine Familie beschützen.

Und meine ... Freunde, auch wenn das Wort nicht ganz das ausdrückt, was ich für Magnus, Lucinda und Carmen empfinde.

Ich stehe neben der Truhe und denke über den geheimnisvollen Stoff nach. Ich mag gute Qualität, habe auch immer gerne Sarahs Meisterwerke in die Hand genommen, um mir ihre Falze und Nähte einzuprägen, damit ich sie verkaufen konnte. Wir waren ein gutes Team. Ich hatte einen sechsten Sinn dafür, wer neue Schuhe brauchte.

Sanjuste hatte gegen uns beide keine Chance.

Mein Gesicht brennt bei dem Gedanken daran. Er hat heute versucht, mich zu töten, ohne eine konkrete Bedrohung für ihn selbst. Und er hat Sarah irgendwie vergiftet, da bin ich mir jetzt sicher. Es war doch kein plötzliches Fieber. Sie hatte sich an einem ihrer Werkzeuge geschnitten, nur ein winziger Schnitt.

Das widert mich an. Und warum all das? Nur für ein paar zusätzliche Verkäufe? Ich würde Gerechtigkeit fordern, aber so etwas stößt in Ector auf taube Ohren.

Die Wolken lichten sich für einen Moment und vertreiben meine Rachegedanken. Mondlicht sprenkelt die Küche silbern. Eine angenehme Brise verrät mir, dass Lucinda und Carmen das Fenster offengelassen haben. Das Wetter ist kühl und feucht, der Herbst bereitet sich auf den Winter vor. Die Luft ist frisch und verspricht mehr Regen, als die Neiße zu verkraften vermag.

Hinter mir dreht und wendet sich Carmen im Schlaf. Sie liegt am nächsten an der Truhe und ich trete aus Versehen auf eine ihrer Haarsträhnen, als ich mich wegschleichen will.

Ihre Locken sind rau, dick und schwer.

Hoppla.

Carmen schläft weiter. Lucinda ratzt fast ebenso laut wie Magnus; ihr Schnarchen übertönt jegliche nächtliche Indiskretion.

Ich tänzle zur Seite, als ich mich daran erinnere, dass mir Petri mal einen halben Königstaler für eine ihrer roten Locken angeboten hat, wahrscheinlich nur, um mich zu ärgern. Natürlich habe ich abgelehnt. Ich bin schließlich Beschaffungskünstler, kein Dieb. Es ist ein Unterschied, ob jemand zum Spaß stiehlt, oder ob er nur das nimmt, was niemandem fehlt. Die Laternengasse ist das perfekte Beispiel. Die Witwe Pétanque hat ihrem Neffen Nori einige Wertsachen hinterlassen, als sie starb ... einem Neffen, von dem ich genau wusste, dass er ein Betrüger ist.

Also plante ich, niemandem etwas von der Beute abzugeben. Sie hätte mich für mehrere Monate über Wasser gehalten und der falsche Nori hatte kein ehrliches Erbe verdient. Natürlich wusste ich da noch nicht, dass der blasse Tom dort bereits eingezogen war.

Jetzt ist mir natürlich klar, dass Tom damit gerechnet hatte, dass ich in der Laternengasse vorbeikomme. Er hat mich reingelegt. Und dann starb er. Mit voller Absicht. Da frage ich mich doch: Wollte er mir sonst noch etwas geben?

Ich höre ein leises Lachen.

Natürlich. In der Laternengasse.

Toms eigentliches Haus ist nicht sicher, nicht einmal für mich. Das werden die Nachtschatten im Auge behalten. Aber die Laternengasse war unser kleines Geheimnis. Wenn er mir etwas hinterlassen hat, dann dort. Und wenn ich mir das alles nur einbilde, kann ich wenigstens meine Tasche und ein paar Kleinigkeiten holen, manche davon natürlich wertvoller als andere ...

Ich klettere wieder hinauf auf den Dachboden. Es gibt eine Öffnung im Holzschindeldach, die ich vorhin benutzt habe, um Martel zu beobachten. Das ist mein geheimer Ein- und Ausgang. Ich schlängele mich durch die Luke und stehe auf dem Dach, genieße das Licht des silbernen Mondes, begrüße die kühlen Sterne und atme scharfe, feuchte Luft.

Schon renne ich über die Dächer und fliege zwischen den Gebäuden hindurch. Meine Zehen krallen sich in die groben, hölzernen Schindeln an meinen Füßen und halten den Splittern mit ihrer dicken Hornhaut stand.

Trippel, trippel.

Ich kenne die Abkürzungen, die nicht in Sackgassen führen, hier oben zwischen den Schindeln und den Wolken. Wenn es sein muss, verstecke ich mich hinter Schornsteinen und spüre den rauen, warmen Ziegelstein auf meinen Rippen, während die Garde unter mir patrouilliert.

Ector hat eine Sperrstunde, aber darüber mache ich mir keine Gedanken. Es gibt nicht viele Gardisten, die trittsicher genug sind, um auf den Dächern zu patrouillieren, und ihre Lederrüstungen (wenn sie nicht sogar welche aus Metall tragen) knarren und scheuern wie das Pferdekarrengeschirr eines Bauern.

Als ich in der Laternengasse ankomme, höre ich Lärm. Jemand steht gebückt unten an der Tür.

Der falsche Neffe Nori, mitten auf der Straße.

Ich lache auf. Der blasse Tom hat sich nicht einmal die Mühe gemacht, eine Falle an der Tür anzubringen. Er hat sie einfach direkt in den Stein geschraubt. Sie lässt sich nicht mehr öffnen. Nori wird noch lange da stehen und sich an einer Tür die Zähne ausbeißen, die genauso falsch ist wie er selbst.

Ich stehe da drüber. Nicht metaphorisch, weil ich das heutzutage selten tue, sondern buchstäblich auf dem Holzdach – und wandere über das Schieferdach, denn die Oberstadt liegt gleich auf der anderen Seite des Flusses, und die Häuser werden von hier an immer besser.

Meine schlauen, nackten Füße kennen den Weg und trippeln, bis ich mich einhändig von der Regenrinne auf den Fenstersims im dritten Stock schwingen kann, um eine neue Falle auszutricksen, die Tom am Fenster angebracht hat.

Na ja, austricksen ist ein bisschen übertrieben. Die

Fensterverriegelung lässt sich leicht anheben, aber sie ist an einem Draht befestigt, der sich nicht so einfach durchschneiden lässt. Ich könnte das Glas zerschlagen, um dran zu kommen, aber das ist unbeholfen und laut, und wer weiß denn schon, ob es nicht einen zweiten Draht gibt, der etwas auslöst, wenn ich das Fenster öffne. Stattdessen suche ich nach dem Mechanismus.

Ah ... Es tropft von einem kleinen, hölzernen Ablauf, der aus dem Sturz über mir ragt und der da eindeutig fehl am Platz ist. Nebelgift? Lungenpilz? Ich reiße mir einen kleinen, bunten Flicken von meinem Hemd – den kann ich später nachflicken – und stecke ihn mir in den Mund, um den Stoff mit Speichel zu tränken. Ich könnte das Loch einfach stopfen, aber das erzeugt Druck, und es könnte sein, dass der Pfropfen nachgibt, wenn ich den Mechanismus auslöse. Stattdessen binde ich den Flicken wie einen Auffangbeutel um den Holz-stift. Theoretisch fängt jetzt mein Speichel die Sporen (oder das Gift) auf, während die Luft ungehindert entweichen kann. Ich bedecke trotzdem mein Gesicht, als ich das Fenster öffne und hineinklettere. Es gibt ein zischendes Geräusch, aber der Beutel erfüllt seinen Zweck.

Heute Abend höre ich keinen Atem, der wie eine Knochensäge knarzt, und habe keinen Grund zur Eile. Im Haus ist es völlig still, und meine Tasche liegt noch genau dort, wo ich sie zurückgelassen habe.

Ich entspanne mich ein klitzekleines Bisschen. Das Haus ist wunderschön, einige Klassen besser als meins in der Erlösergasse Nummer 5. Bearbeitetes Holz, diamantverglaste Fenster, Vitrinen und geschnitzte Leisten. Es hat schon bessere Zeiten gesehen, aber selbst im Dunkeln versprühen die hohen Decken ein Gefühl von Klasse. Allerdings ist es nicht gemütlich genug für meinen Geschmack.

Ich stöbere im Haus herum, linse in ein paar vielversprechende Schubladen und finde eine Handvoll Königstaler – Gold! – und ein paar billige Schmuckstücke.

Der falsche Neffe Nori kratzt weiterhin unten an der Tür; mich überrascht seine Hartnäckigkeit. Ein echter Profi würde gehen und zu einem anderen Zeitpunkt mit einem besseren Plan wiederkommen. Das Sägen an der neuen, falschen Tür bringt ihm nur Ärger mit der Garde ein.

Ich nehme mir Zeit, um durch das Haus zu streifen und alle Fallen auszulösen, die ich finden kann. Das ist eine hervorragende Übung. Die Fallen des blassen Tom gehören zu den raffiniertesten, die ich je gesehen habe: Sie sind gut durchdacht und listig gelegt. Was wohl aus ihm geworden wäre, wenn er keine Eide geschworen hätte?

Die meisten Fallen kenne ich aus vielen der besseren Häuser von Ector, die ich entweder in Petris Auftrag oder aus reiner Verzweiflung aufgesucht habe. Sogar Nachtschatten haben Hobbys, kommt mir in den Sinn. Toms Hobby war es anscheinend, seine Fallen an Orten aufzustellen, wo er mich erwartete. Ich verstehe das nicht; wenn er meinen Tod gewollt hätte, hätte er mich einfach umbringen können. Warum also die Fallen?

Und dieses Haus ist bis über den Schornstein vermint. Präparierte Oberflächen, Metallgewichte, Fallstricke, Stolperdrähte ... Sogar ein Rasiermesser steckt in der leeren Keksdose. Kein Wunder, dass Petri wollte, dass ich hier noch einmal einbreche. Bei all den Fallen muss es hier einfach etwas Wertvolles geben.

Am besten gefällt mir eine stumpf gewordene Holzkiste, in etwa so groß wie meine Hand, in der man normalerweise einen wertvollen Ring oder eine Kette aufbewahren würde. Sie ist schwerer, als sie sein sollte, aber nur marginal und sie lässt sich nicht öffnen, scheinbar wegen der angelaufenen Scharniere. Aber ich bin nicht so dumm, es mit Gewalt zu versuchen. Für einen Beschaffungskünstler wäre eine solche Gedankenlosigkeit ein Zeichen, dass es an der Zeit ist, in Rente zu gehen.

Das blasse Mondlicht zeigt mir, dass die winzigen ›Nagelköpfe‹ entlang des unteren Randes der Schachtel in Wahrheit aus harter, schwarzer Spachtelmasse bestehen, die sich mit etwas Schaben leicht lösen lässt. Unter jedem der Köpfe schimmert es silbern. Insgesamt sind es wahrscheinlich an die fünfzig kleine Nadeln. Ich beschließe, schlau wie ich bin, sie mit einem unkonventionellen Griff zu öffnen. Die Nadeln schnellen alle gleichzeitig nach außen und ziehen sich dann in einer wellenförmigen Bewegung zurück, als ich den Deckel vollständig aufklappe. Ich mache es ein paarmal auf und wieder zu und staune darüber, wie die kleine, silberne Welle am unteren Rand des Schmuckkästchens entlang läuft. Ein winziges, metallisches Zahnrad in jedem der Scharniere treibt einen verborgenen Mechanismus an.

Ich bin gerade dabei, die Schachtel auseinanderzunehmen, um mir das näher anzusehen, als mir der Schatz ins Auge fällt. Ein Damenpenny. Mein Damenpenny.

Nur kann das nicht sein. Den habe ich Petri gegeben.

Er ist schwarz angelaufen, bis auf einen winzigen Punkt aus Silber im Gesicht der abgebildeten Dame. Darin steckt eine Botschaft und sie ist für mich, das ist mir klar. Ich stecke ihn in die Tasche.

Um die magischen Fallen mache ich einen Bogen. Ich war schon immer gut darin, das bedrohliche Summen zu erkennen, das niemand sonst wahrzunehmen scheint.

Ich versuche mich dann aber doch noch an einer Falle auf einem großen Kleiderschrank, indem ich – aus meinem Versteck hinter einem Bett auf der anderen Seite des Raumes – einen Holzbecher nach ihr werfe.

Knack!

Der Becher explodiert.

Ich versuche es noch einmal.

Knack!

Vielleicht etwas Größeres?

Rums! Der Stuhl spritzt in einem Schwall aus Klein-holz durch den Raum.

Ich lache leise, weil mir der Gedanke kommt, dass sich ein ehrgeiziger (aber dummer) Dieb mit einer solchen Falle stundenlang abmühen könnte, in der Hoffnung, dass sie irgendwann kaputt geht. Reine Ablenkung. Das sollen die hieran interessierten Sammler und Auktionshäuser mal schön selbst lösen.

Schließlich entdecke ich die durchnässten Zauber-bücher. Ich habe kein Interesse an ihnen, aber so etwas lässt man nicht einfach herumliegen. Jedenfalls nicht *diese* Art von Zauberbüchern. Ich entzünde ein Feuer im Steinkamin mit dem magisch-zerlegten Stuhl und etwas überschüssigem Zunder vom Kaminsims. Das ist zwar nicht besonders professionell, aber es verschafft mir Genugtuung. Ein guter Beschaffungskünstler hinter-lässt keine Unordnung. Der Qualm wird nachts niemandem auffallen.

Die Bücher zischen wie Dämonen und bringen grüne und violette Flammen hervor.

»Ich habe deine durchnässten Zauberbücher trockengelegt«, scherze ich mit einem schwarz geklei-deten Gespenst, das nicht echt ist.

»Und ich verfluche dich *und* deinen gesamten Stammbaum«, gibt es zurück.

Pah. Toms Witze waren noch nie besonders lustig.

ICH HABE SCHON WIEDER Hunger und plündere deshalb die Speisekammer. Ich finde eine kleine Wurst, die ich esse, und mehrere vergiftete Äpfel (mit Nadelstichen und ungesunder Farbe), die ich nicht esse. Dass es hier so wenig zu Essen gibt, ist wahrscheinlich Toms Rache dafür, dass ich seine Zauberbücher verbrannt habe. Ein *bedeutender* Nachtschatten sollte Teigtaschen, Schinken, Hartkäse und teure Weine auf Lager haben. Aber dann fällt mir ein, dass er genau das in *seiner eigenen* Speisekammer wahrscheinlich tatsächlich aufbewahrt. Dieses Haus ist schließlich nur zur Ablenkung da.

Ich mache mich wieder auf den Weg nach oben, als mein nackter Fuß eine Aussparung im Steinboden der Speisekammer streift – eine Aussparung, die man nur bemerkt, wenn man barfuß läuft, von der Größe eines Damenpenny.

Ich knie mich hin und betaste sie. Ich lege meinen Damenpenny hinein und er passt perfekt. Der Stein erwärmt sich und schwingt.

Tom weiß, wie sehr ich eine gut gefüllte Speisekammer schätze, dass ich nur im Winter Schuhe trage. Und ich weiß, dass Tom gerne Fallen stellt.

Ich gehe zum Feuer, das mittlerweile heruntergebrannt ist, und hole mir eine Fackel als Verstärkung.

Tatsächlich sehe ich eine Nadel – drei, um genau zu sein – die diesen Ziegel sichern, in Aussparungen, die praktischerweise wie für Finger gemacht sind. Ich entferne sie vorsichtig mit einer Pinzette aus meiner Tasche und lege sie zur Seite.

Als ich den Ziegelstein herausnehme, rechne ich mit etwas Wertvollem. Diamanten wären toll ...

Stattdessen finde ich eine Holzkiste, die ein bisschen klappert, wenn ich sie schüttle. Keine Diamanten.

Ich öffne sie vorsichtig, wer weiß, ob das nicht auch eine Falle ist, und trockne eine klebrig aussehende Substanz um den Riegel herum mit etwas Dreck aus dem Loch. Noch mehr Gift.

Die Schachtel ist voller Ringe.

Schwarze Ringe, an deren Rändern es wirbelt.

Nachtschattenringe.

Mir ist schlecht. *Was mache ich hier?* Jeder Ring ist ein Initiationsritus. Die erste Tötung, die erste Nötigung. Dinge, auf die ein Nachtschatten Wert legt. Ich spüre die Macht in dieser Kiste, aber damit möchte ich nichts zu tun haben.

Ich streife jeden Einzelnen trotzdem über und fühle mich dabei mehr und mehr angewidert. Jeder von ihnen ist dreckig, beschmutzt mit dem Blut (nehme ich jedenfalls an) des vorherigen Trägers.

Ihre unterschiedlichen Schwingungen wirken sich auf meine Stimmung und Empfindungen aus. Wut. Traurigkeit. Gier. Rache. Raserei. Wahnsinn. Keiner von ihnen knistert wie der schwarze Ring, den ich gestern aus dem Schreibtisch oben gestohlen und dann bei der Schlägerei verloren habe, aber sie alle verbessern meine Sehkraft und meine Bewegungen.

Es ist das Risiko nicht wert. Ich lege sie in die Kiste zurück und verstaue diese in meiner Beschaffertasche, nachdem ich den Ring aus meiner Hosentasche noch mit hineingelegt habe. Solche Ringe gehören nicht in die Hände von Auktionshäusern und Steuereintreibern, es ist so schon schwer genug, denen aus dem Weg zu gehen.

Ich weiß zwar noch nicht, was ich mit ihnen machen soll, aber vielleicht hat Magnus eine Idee, und er wird mir bestimmt nicht raten, sie an Petri zu verpfänden ... Im letzten Moment lege ich auch noch den schwarzen Penny mit dem silbernen Kratzer hinein. Er gehört dazu.

Für heute habe ich genug von der Rumschleicherei. Ich laufe hoch in den zweiten Stock, wo ich auch hereingekommen bin. Es ist etwas schwieriger, mit einer am Gürtel festgebundenen Tasche zurück auf das Dach zu klettern, aber es gelingt mir.

Ich richte mich auf und stoße mit Petri zusammen, der sich gerade auf mich stürzen will.

»Ich dachte mir schon, dass du hier oben bist«, gluckst er lauernd, das Messer in der Hand. »Gib mir die Ringe.«

»Welche Ringe?«

»Ich weiß, dass du sie hast. Sanjuste hat mir erzählt, dass du hinter ihnen her bist.«

»Du linke Bazille hast mich verraten!« Mein Blick fällt auf einen schwarzen Fleck an seiner linken Hand. Toms Ring. *Mein* Ring.

Petri bleibt das Glucksen im Halse stecken. Er hat

mich noch nie zuvor wütend erlebt, und es scheint ihm Angst zu machen.

»Entspann dich, Tees. Es muss niemandem etwas passieren. Ich muss ihm nur die Kiste mit den Ringen bringen, um meine Schulden zu begleichen. Du weißt ja, wie das ist.« Er lacht und hofft, dass ich es ihm gleich tue.

Tue ich aber nicht.

»Gib sie mir.«

Ich springe an ihm vorbei, während sein herabsinkender Dolch mich nur um Zentimeter verfehlt. Ich rutsche ein Dach hinunter und husche ein anderes hinauf, hoch über der Laternengasse, während Petri mir dicht auf den Fersen ist. Das Wissen, dass er für Sanjuste arbeitet, verleiht mir neue Kraft. Schon ein einziger Ring in den Händen dieses Ungeheuers ist undenkbar. Wenn Sanjuste nur einen davon in die Hände bekommt – zum Beispiel den, den Petri trägt – ist meine Familie Geschichte.

Petri ist schneller, als ich ihn in Erinnerung habe, und ziemlich beweglich für einen Mann mit einem kaputten Bein, aber er kennt meine Tricks nicht, und ich kann immer noch schneller klettern. Ich kann die winzigen Risse in der Wand an der Seite der Bäckerwohnung sehen und bin schon hochgeklettert, während Petri noch damit beschäftigt ist, auf meine Bewegung zu reagieren. Ich habe ihn fast abgehängt, als er etwas Wahnwitziges macht – einen Riesensprung zwischen zwei Häusern im Versuch, mir den Weg abzuschneiden.

Stattdessen prallt er an die Seitenwand und wird bewusstlos.

Ich halte an und laufe zurück. Vielleicht kann ich ihm ja Toms Ring abnehmen.

Petri liegt regungslos unten auf dem Boden, mitten in einem weichen Kräutergarten.

Plötzlich packt mich jemand von hinten. Ich falle auf dem Dach auf die Knie und versuche, mich zur Seite zu rollen, aber hinter mir stehen zwei Männer, Gardisten, die mich am Hemd festhalten.

Ich stürze mich von der Kante und reiße einen von ihnen mit mir. Beide lassen los, der eine fällt auf Petri, der andere taumelt, eine mondbeschienene Silhouette. Ich halte mich für eine Sekunde an der Dachkante fest und krabble dann im Fallen die Wand hinunter.

Der Schlamm fängt mich auf und ich bin wieder auf den Beinen. Ich höre Stimmen, die sich gegenseitig anschreien, abstimmen, und mir wird bewusst, dass ich tiefer in Schwierigkeiten stecke, als ich dachte, obwohl die Wolken sich wieder vor den Mond geschoben haben. Langfingerjäger. Der Teil der Stadtgarde, den ich am wenigsten leiden kann. Ich habe keine Zeit, Petri seinen Ring abzunehmen, weil sie näherkommen. Die Männer am Ende der Gasse werfen Seile aus.

Eins davon umschlingt meinen Fuß, während die anderen harmlos an mir vorbeisegeln. Ich trete nach vorne und überrumpele den Mann damit. Er fasst sich an die Hand, dort wo das Seil sie aufgescheuert haben muss. Hätte er mal doppeltes Tuch darum gewickelt oder Handschuhe getragen. Anfänger.

Ich laufe und stolpere um eine Ecke, die Meute dicht auf den Fersen.

Als ich versuche, an Höhe zu gewinnen, verhakt sich das Seil, das noch immer an mir hängt, an einem Nagel. Ich springe zurück in die Gruppe hinter mir, um es zu lösen, und flitze vor ein paar sparsam gepanzerten Gardisten her, deren muskulöse Arme zu langsam sind, um mich festzuhalten. Der ›Boden‹ unter mir gibt nach, aber ich lande auf allen vieren und spritze eine Handvoll Schlamm in die Luft hinter mir, als ich davonspringe. Drei Schritte vorwärts. Ich rolle unter einem hochgewachsenen Gardisten hindurch, der breitbeinig für einen Angriff bereitsteht.

Ich schlage einen Haken und rase eine dunkle Gasse hinunter, eine bekannte Sackgasse, mit Kletterpflanzen, an denen ich hochklettern kann.

Aber die Pflanzen sind weg.

Abgeschnitten. Eine Falle. Petri hat heute Nacht die Garde dabei und nichts dem Zufall überlassen. Wie ich schon sagte, er kennt sich mit Zahlen und Wahrscheinlichkeiten aus und weiß, wie man jemanden wie mich erwischt.

Exkrement.

Ich drehe mich um und renne zurück, bevor sie mir den Rückweg abschneiden, während ich an der Seite des Hauses hochklettere, wohlwissend, dass es nur knapp zwei Meter hochgeht.

Aber *sie* wissen das nicht.

Ihre geordnete Aufstellung zerbricht, als sie damit rechnen, dass ich entkomme, und sie verzweifelt versuchen, mich festzuhalten. Vom obersten Punkt meines Aufstiegs aus springe ich über sie hinweg, segelnd wie ein Flughörnchen, und sehe, wie ihre Haken und Lassos an mir vorbeifliegen. Der letzte der Gruppe, der als einziger seine Position gehalten hat, versucht noch, mich festzuhalten, und ich lasse ihn gewähren. Aber ich rolle mich zu einem Ball zusammen und springe von ihm weg, sobald wir auf der Straße aufkommen. Ich spüre, wie mein kleiner Fuß die Luft aus seinem Brustkorb drückt, während ich davonschlüpfe.

Die Garde hinter mir und den Regen im Gesicht, bin ich entkommen.

Die Krücke, die im Schatten einer Regentonne erscheint, bemerke ich erst, als es schon zu spät ist. Sie erwischt mich am Schienbein und ich lege mich auf dem Kopfsteinpflaster lang. Meine Tasche löst sich, als die Holzschnalle meines Gürtels reißt.

Petri ist sofort bei mir, aber ich kann mich nur noch zur Seite rollen und stecke fest. Seine Nase blutet und er sieht wütend aus. »Du hättest mir die Kiste einfach geben sollen, Tees. Jetzt muss ich dich den Langfingerjägern übergeben!«

Er zieht die Kiste mit den Ringen aus meiner Tasche und schiebt sie unter seinen eigenen Umhang, während die anderen meine Hände und Füße festhalten.

»Dieser mörderische Mistkerl hat Sarah getötet.« Ich

hebe mein Kinn und spucke ihm ins Gesicht.

Er verpasst mir einen Tritt in die Rippen, als er aufsteht. »Ich habe versucht, dich zu beschützen.«

»Du elendiger Sack steinalten Hundekots«, fluche ich zurück. »Sanjuste ist doppelt so schlimm wie der blasse Tom. Du glaubst doch wohl nicht, dass er dich in Ruhe lässt?«

Es muss ihm wirklich wichtig sein – *wirklich* wichtig –, wenn Petri mich ausschaltet und die Garde zu Hilfe holt. Ich bin sein bester Lieferant. Ich bringe ihm immer die besten Sachen. Ich überlege, ob ich den Gardisten sagen soll, dass Petri mein Hehler ist, aber ich habe keinerlei Beweise, und er hat ihnen wahrscheinlich eh schon vorgelogen, dass er der Testamentsvollstrecker der alten Dame ist.

Die Wachen schleppen mich weg und das habe ich alles nur Petri zu verdanken. Ich verstehe nicht, was sie sagen, irgendwas über Galgen im Morgengrauen. Das ist ohne Zweifel ein abgekartetes Spiel von Sanjuste. Ich bin der Einzige, der in das Haus gelangen kann, und sie haben mich reingelegt.

Genau wie den falschen Neffen Nori. Sie nehmen ihn auch mit, obwohl er – nach Aussehen und Geruch zu urteilen - nicht annähernd so schwer zu fangen war und dringend neue Unterwäsche bräuchte.

Aus reiner Liebenswürdigkeit schlagen sie mich für die Dauer der Reise k.o., nachdem ich zum dritten Mal meine Fesseln gelöst und versucht habe, zu entkommen.

11

I
ch wache in einer winzigen, nassen Zelle auf, mit einer vollen Blase und einem Nachtschatten, der mich durch die Gitterstäbe meines tropfenden Fensters anzischt: »*Du* bist also der berühmte Lehrling?«

Es ist das Timbre einer Frau, seidig und besonnen. Sie kauert auf dem Boden, wo die Gitterstäbe der Zelle enden, wobei die Zelle in das Steinfundament des südlichen Gardelagers eingelassen ist. Das vergitterte Fenster befindet sich auf Augenhöhe – also für mich auf Stirnhöhe – und ihre dunkle Form verdeckt das Licht der Sterne.

Mir wird bewusst, dass man mir bis auf eine armselige Hose, die mir nicht gehört, alle Kleidung genommen hat.

»Bist du hier, um mir zu helfen, oder zischst du hier einfach weiter rum wie eine Schlange?«

Ich muss ziemlich verzweifelt sein, um einen Nacht-schatten um Hilfe zu bitten.

Sie lacht leise. »Ich helfe keinem Eidlosen. Es sei denn, du möchtest *mir* vielleicht einen schwören?«

In meinem verzweifelten Kopf formt sich ein Satz: ›*Manche Schwüre kann man nicht brechen.*‹

»Nein danke.«

»Jammerschade. Ich könnte dir aufregende Dinge beibringen.« Sie zieht für einen Moment ihre Kapuze zurück, sodass ich blasse Haut und kurz geschnittenes rotes Haar sehen kann. Ihre Lippen sind selbst im Dunkeln scharlachrot.

Sie ist jung, vielleicht knapp zwanzig? Sie könnte die große Schwester meiner Zwillinge sein.

»Wie alt bist du?«, frage ich.

Sie zuckt mit den Schultern – eine typisch jugend-liche Geste, das lässt sich schlecht verstecken – und zerrt ihre Kapuze wieder hoch. »Noch zu jung für einen Lehrling, wie es scheint. Ist wahrscheinlich besser so.«

»Hilf mir trotzdem«, sage ich leise. »Gib mir einen Dietrich und du wirst es nicht bereuen.« Ich möchte wirklich keine Eide schwören, aber ich revanchiere mich gerne mit unethischen Raubzügen, wenn das bedeutet, dass meine Familie in Sicherheit ist. »Ich bin der Beste in ganz Ector.«

»Das kann ich angesichts deiner Situation kaum glauben.« Sie schüttelt den Kopf unter ihrer Kapuze. »Außerdem haben sie mich lediglich hergeschickt, um zu beobachten und Meldung zu machen, nicht um einzugreifen.«

Und dann ist sie weg.

DER MORGEN KOMMT FRÜH, und doch schlafe ich, obwohl ich eigentlich meine Flucht planen will, eine Nachwirkung der letzten vierundzwanzig Stunden, die mir nicht so viel Glück gebracht haben.

Ich blicke durch die Gitterstäbe in den düsteren Morgen, neblig und nass, ein perfekter Morgen für den Tod. Ich kann ihn in der Luft schmecken, wie faulende Äpfel und nasses Heu.

Sie holen uns aus den Zellen, und da mir ihre Fesseln nicht passen, werde ich an der Taille an meine beiden Wachen gefesselt, Männer mit knochigen Fäusten und Stahlstiefeln, die dafür sorgen sollen, dass ich keine Dummheiten mache.

Sie führen uns vor und stellen uns in der Nähe des Galgens ab, währenddessen der falsche Neffe Nori wimmert und leise mit sich selbst spricht. Er scheint langsam verrückt zu werden.

Ich auch, das ist mir bewusst. So nah war ich dem Tod noch nie, und er rückt immer näher. Ich frage mich, wann meine Familie davon erfährt.

Es dauert nicht lange.

Lucinda ist früh auf den Beinen und schon unterwegs, um einzukaufen. Ich sehe sie, aber sie sieht mich nicht.

Sie durchstöbert die Marktstände, die jeden Morgen zwischen der Rückseite der Kirche und der Schmiede aufgestellt werden. Sie hat mir den Rücken zugedreht und betrachtet ein Stück weißen Stoff, während der Korb mit den Lebensmitteln an ihrem Arm baumelt.

Hübsche, liebenswürdige Lucinda. Wäre sie irgendwo anders geboren, müsste sie nicht enttäuscht seufzen und den Stoff sanft wieder zurück auf den Wagen legen.

Auch der Verkäufer seufzt, als er merkt, dass das Geschäft nicht zustande kommt.

Lucinda schreckt zurück, als sie die Hinrichtungsankündigung an der Kirchenwand sieht, gerade als sie den Stoff mit einer Hand glatt streicht. Sie kann nicht lesen, aber dass dort mein Gesicht aufgemalt ist, ist deutlich zu erkennen. Sie dreht sich um und sieht mich am Galgen stehen. Dann schlägt sie die Hände vor den Mund, dass die Karotten fliegen und rennt, rennt, rennt zurück zur Erlösergasse. Mann, hat sie schnelle Beine.

Es ist rührend. Sie hat sich nie anmerken lassen, dass ihr *so* viel an mir liegt.

Auf der anderen Seite ist es allerdings auch beängstigend. Ich will nicht, dass meine Kinder dabei sind, wenn sie die Bolzen wegziehen und der Boden unter mir nachgibt. Ich will keine Tränen sehen. Ich will nicht, dass sie dabei zuschauen, wie meine Tränen auf das Kopfsteinpflaster tropfen oder wie ich an den Galgenpfosten gekettet bin.

Natürlich lassen sich die Gardisten ziemlich viel Zeit. Sie wollen eine große Menschenmenge für ihre kleine Machtdemonstration. Sie fummeln mit der Ölkanne an der Falltür, testen den Mechanismus ein paarmal mit Kartoffelsäcken und dergleichen, binden die Schlinge noch mal und noch mal. Sie halten eine gewichtige Rede über das Stehlen.

Und dann lassen sie den falschen Neffen Nori fallen. Sein Genick knackt und bricht glatt durch. Erledigt.

Sie halten eine weitere Rede über die Folgen von Gesetzlosigkeit und dann bin ich an der Reihe.

Ich spüre die splitternden Bretter unter meinen nackten Füßen und als ich hochblicke, sehe ich meine Freunde, die mich anstarren, und meine Kinder. Valerie schluchzt und vergräbt die Hände in ihrem wollenen Rock. Timnus knurrt und fixiert mit düsterem Blick Sanjuste, der ebenfalls da ist und belustigt zu Timmi hinüber schaut.

Timmi schaut so finster, dass ich fürchte, er meldet sich gleich morgen bei den Nachtschatten an, um mich zu rächen.

»Das ist es nicht wert«, forme ich lautlos mit den Lippen in seine Richtung, aber ich glaube nicht, dass er mich versteht.

Magnus hat den Verband von seinen Augen entfernt. Er scheint offensichtlich etwas besser zu sehen, aber es ist Morgen, und gestern Morgen konnte er auch besser sehen. Er hat Tränen in den blauen Augen, als ob das hier das Fass zum Überlaufen bringt.

»Letzte Worte?«, blafft der oberste Henker.

Ich nicke. »Ich würde gerne mit meinem Priester sprechen.«

Auch der Pfarrer sieht überrascht aus. Ich bin in meinem ganzen Leben noch nie in einer Kirche gewesen. Er tritt unsicher einen Schritt nach vorne.

»Nicht mit dem«, raune ich der Wache zu und halte ihm die Wange hin, damit sich niemand beleidigt fühlt. »*Mein* Priester. Von der Fortrus Abtei.«

Der Gardist wirkt beeindruckt und jetzt etwas entschlossener. Er winkt Magnus herbei und gibt ihm das Zeichen für die Letzte Ölung.

Magnus steigt die Holztreppe hinauf. Sie knarrt laut.

»Ich kann nichts tun, Tees. Ich bin nicht zum Priester geweiht, und ich habe hier keine Rechtsbefugnis.« Er ist ehrlich aufgebracht und seine Stimme ist gedämpft.

Ich verschwende meine Zeit nicht mit Betteln. »Man hat mich reingelegt, Magnus.« Das ist die Wahrheit. »Tom wollte, dass ich eine Kiste mit ›abgelegten Eiden‹ finde, bevor es jemand anderes tut. Da bin ich mir so gut wie sicher.«

Magnus' spricht leise. »Warum hast du mir das nicht früher gesagt? Wir hätten das melden können.«

»Ich habe es gerade erst herausgefunden.«

Der Gardist räuspert sich unbehaglich, als

Zeichen, dass wir uns beeilen sollen. Hinrichtungen, die sich zu lange hinziehen, werden schnell unangenehm.

»Wer hat sie jetzt?«

Ich zeige auf Sanjuste.

Sanjuste kneift die Augenbrauen zusammen, als er das sieht.

»Er arbeitet mit Petri zusammen. Er wird auch hinter Timmi und Val her sein.«

Das Gesicht des Hünen verhärtet sich. »Schützt die Unschuldigen. Bringt Licht in die Dunkelheit«, intoniert er.

Jajaja.

»Und, Magnus?«

»Ja.«

»Es ist meine Schuld, dass du nicht sehen kannst. Ich habe dir in der Schwarzen Katze schwarzen Granatapfel in dein Getränk gekippt.«

»Schwarzer Granatapfel ist ein Gegenmittel.«

»Ich habe versucht, das Spiel zugunsten meines Förderers zu beeinflussen.«

»Aber stattdessen hast du mir das Leben gerettet.« Sein grimmiges Gesicht wird noch grimmiger.

»Was ist?«

»Mir ist gerade bewusst geworden, dass es keinen Prozess gab. Das Gesetz von Ostmarschen schreibt für die Todesstrafe einen Prozess vor, bei dem Zeugen aufgerufen werden. Ich werde mit der Garde sprechen.« Er legt mir eine Hand auf die Schulter, und ein Hitzeschwall schießt meinen Hals entlang bis zum Scheitel. »Aber nur für alle Fälle, *bleib stark*.«

Ich spare mir die Mühe, ihm zu erklären, dass die Garde wahrscheinlich bestochen worden ist. So funktioniert das hier in Ector. Für mich wird es keinen Prozess geben.

Die Gardisten schütteln den Kopf, als er sie fragt, einer von ihnen blickt verräterisch in Richtung Sanjuste.

Ihre Stimmen werden lauter. Aber nicht die von Magnus. Er lässt zwar die Schultern hängen, aber er streitet so lange mit ihnen, bis sie ihn von der Plattform zerren. Vier von ihnen sind dafür nötig, und sie sind sichtlich erschüttert, als er ihnen mit einem Hohen Tribunal in Oberector droht.

Nicht, dass mir das Hohe Tribunal nach der Hinrichtung noch etwas nützen würde.

Es gibt keinen Trommelwirbel oder Countdown. Die Klappe öffnet sich ohne Vorwarnung, und ich habe nur eine Hand freibekommen, meine Glückshand. Ich erwische das Seil über meinem Kopf, um den Aufprall abzumildern. Es hilft, aber meine Hand rutscht ab, und dann hänge ich freihändig an einem Hanfring. Ich war schon immer ein drahtiger Bursche, aber ohne Luft kann selbst ich nicht viel machen. Es gelingt mir nicht, meine Glückshand, aufgescheuert vom Seil, in eine günstige Position zu bringen.

Sanjuste grinst selbstgefällig; Petri betrachtet seine Schuhe.

Der Platz, die Menschenmenge und der Galgen verblassen, und ich entschuldige mich innerlich bei Sarah für mein Versagen. Und bei den Kindern.

Ich höre den blassen Tom leise vor sich hin lachen; das Lachen wirbelt um mein vernebeltes Gehirn.

»Was für ein lausiger Lehrling. Ich habe noch nie einen Nachtschatten so oft sterben sehen.«

»Ich bin kein Nachtschatten.«

Der blasse Tom grunzt nur. Oder ist das mein Körper in der echten Welt, der zu atmen versucht?

Ich probiere es noch einmal. »Ich habe versucht, es ihm zu sagen.«

»Wem?«, fragt Tom.

»Magnus.«

»Oh. Sie hören nur das, was sie hören wollen.«

12

Ich schrecke hoch, immer noch schwingend, meine Glückshand zwischen Seilfasern und juckendem Nacken eingeklemmt.

Barkus tritt aus der Menge heraus, schnaufend, als ob er den ganzen Weg von der Schwarzen Katze gerannt wäre.

»Idioten!«, schreit er mit seiner Bühnenstimme. »Ihr hängt den einzigen Mann in Ector, der *jemals* den Nachtschatten die Stirn geboten hat!« Um seinen Worten mehr Gewicht zu verleihen, sagt er nichts über Magnus und den blassen Tom, obwohl es ja zum größten Teil ihr Verdienst war. Und Tom zählt eigentlich nicht, weil er *selbst* ein Nachtschatten war. Aber ich halte meine Klappe. Es ist ja auch nicht so, dass ich die Wahl hätte. Es fällt mir furchtbar schwer, zu atmen, selbst mit einer Handvoll im Seil eingeklemmten Fingern.

Ich werde kurz ohnmächtig.

Beim besten Willen schaffe ich es nicht, meine linke Hand aus den Fesseln an Taille und Füßen zu befreien. Wenn mir das gelänge, könnte ich mich drehen und meine Beine benutzen.

Ich stelle mir vor, wie Carmen Seidenreste für mein Grabtuch zusammennäht. Vielleicht nimmt sie dafür mein gestohlenes Banner.

Barkus streitet sich heftig mit dem Hauptmann der Südgarde, der gerade eingetroffen ist, nachdem ihm mehrere ›Unregelmäßigkeiten‹ zu Ohren gekommen sind.

»Ich sage Euch, er ist ein echter Held. Vor zwei Tagen hat er sein Messer so tief in den blassen Tom Leblanc versenkt, dass man es nicht mehr herausziehen konnte, nicht einmal, um ihn in ein Leichentuch einzuwickeln!«

Ich befürchte schon, dass Barkus zu sehr übertrieben hat, aber das Publikum scheint ihm zu glauben. »Und gestern Morgen hat er jemanden aus dem Weg geschafft, der hinter seinen Kindern her war. Ihr wollt einen Mann hängen, der sein Leben der Aufgabe gewidmet hat, Nachtschatten umzubringen? Seht ihn Euch an. Er fleht darum, dass Ihr es Euch noch mal überlegt!«

Das stimmt so nicht. Ich flehe eher um einen Atemzug kühler Herbstluft.

Die meisten in der Menge schütteln bestürzt die Köpfe.

Der Hauptmann der Garde sieht wütend aus. »Das ist eine Frage der Gerechtigkeit! Er wurde beim Einbruch in das Haus der verstorbenen Witwe Pétanque in der Laternengasse erwischt. Der Testamentsvollstrecker informierte uns über verdächtiges Verhalten, und wir konnten ihn festnehmen und das Diebesgut sicherstellen.«

»Diebesgut? Diebesgut!«, zischt Barkus und sieht dem Hauptmann in die Augen. »Jakob! Ihr wisst genau, dass sich der blasse Tom an diesem Ort eingenistet hatte, gleich nachdem die alte Fuchtel ins Gras gebissen hat. Er ist derjenige, den Ihr für das Diebesgut hättet hängen sollen!«

Das scheint Hauptmann Jakob nicht gewusst zu haben. Er schaut zu seinem Leutnant, der ein Nicken andeutet.

Dann wendet er sich wieder Barkus zu, jetzt mit weniger Gehässigkeit in der Stimme. »Das ändert nichts an den Tatsachen, Barkus. Es war immer noch Diebstahl.«

»Wohl eher eine Suche nach *Beweisen*«, korrigiert ihn Barkus. Er dreht sich zur Menge um, und sagt gerade laut genug, dass es alle hören können: »Keine Sorge, Freunde. Hauptmann Jakob ist ein guter Mann. Er wird den Nachtschattenjäger nicht töten.« Den letzten Teil sagt er betont theatralisch.

Hauptmann Jakob zuckt zusammen. »Bitte, sag so was nicht.«

»Ich weiß, Jakob ... ich weiß ... Ihr wollt nicht dafür

bekannt sein, dass Ihr einen *Nachtschattenjäger* ohne Prozess hingerichtet habt.«

»Hauptmann. Mein Titel ist Hauptmann.« Jakob merkt, wie ihm die Kontrolle entgleitet. Er ist fähig, daran besteht kein Zweifel, aber gegen Barkus hat er keine Chance.

»Entschuldigung, Hauptmann Jakob. Aber es ist die Wahrheit, und der Nachtschattenjäger hatte einen Deal mit dem alten Tom, eine Erbschaft. Der alte Mann hat mir selbst gesagt, dass er dem Jäger seinen Ring gegeben hat.«

»Das ist eher ein Schuldeingeständnis, keine Hilfe.«

»Nicht, wenn ich Euch sage, dass die beiden auf diese Weise in einer einzigen Nacht zwanzig Nachtschatten getötet haben. Direkt in meinem Wirtshaus.«

»Sechs«, unterbricht der Leutnant. »Die anderen wurden aufgefordert, zu gehen, wenn sie mit dem Leben davonkommen wollten.«

»Sieben.« Barkus reißt die Erzählung wieder an sich. »Aber es kam mir vor wie zwanzig. Und dieser Mann«, er zeigt auf mich, »hätte noch mehr getötet, wenn der blasse Tom ihn nicht aufgehalten hätte.«

Jakob schaut ungläubig. »Du erwartest doch nicht, dass ich dir das glaube?«

»Doch. Das war alles Teil der Abmachung, versteht Ihr? Tom wollte, dass Tees ihn zum Schluss auch noch auslöscht, als rühmliches Ende.«

Hauptmann Jakob schüttelt den Kopf, während die Menge flüstert. Sie alle haben von dem Feuer und dem

Kampf gehört, und die ausgeschmückte Version dieser Geschichte wird sich ausbreiten wie Läuse in einem Waisenhaus. Die Schwarze Katze wird dann so überlaufen sein, dass ich über die Köpfe der Leute klettern müsste, nur um zu meinem Querbalken zu gelangen, vorausgesetzt, ich lebe lange genug.

»Das geht so nicht. Du bist ein guter Gastwirt, Barkus, aber du kennst dich mit dem Recht nicht aus. Wir haben hier einen Dieb, an dem wir ein Exempel statuieren müssen.«

Barkus stampft mit dem Fuß auf. »Er und der alte Tom hatten eine Abmachung!«

Magnus schaut verwirrt, aber Lucinda rät ihm, den Mund zu halten und jetzt bloß nicht das Hohe Tribunal zu erwähnen. Ein falsches Wort kann mein Ende bedeuten. Dafür braucht es nur einen gezielten Pfeil. Ich sehe ein paar Bogenschützen, die vom Dach der umliegenden Häuser gelangweilt zu mir herüberblicken und nur darauf warten, dass ich eine falsche Bewegung mache. Also lasse ich es. Solange ich am Galgen bleibe, bin ich sicher.

Das bedeutet aber nicht, dass ich *hängen* muss.

Plopp! Meine andere Hand kommt frei.

Ich bewege die Finger einige Male, damit wieder Blut hindurch fließt, dann positioniere ich beide Hände über meinem Kopf und ziehe mich langsam hoch, sodass die Füße über dem Kopf sind, um das Gewicht von meinem Hals zu nehmen. Es fühlt sich wunderbar an, ebenso wie die Atemluft und ich klettere rückwärts am Seil hoch, wobei ich meine Füße als Stütze benutze, vorsichtig, sodass die Schlinge an Ort und Stelle bleibt. Ich setze mich oben auf das Gerüst und sehe zu, wie sich das Drama meiner Hinrichtung entfaltet.

Die Bogenschützen nehmen ihre Bogen hoch und ich beschließe, meine Freiheit nicht zu überreizen, also baumele ich nur unbeschwert mit den Füßen.

In der Menge wird beeindruckt geflüstert. Okay, ich gebe jetzt ein bisschen an, aber es könnte schließlich meine letzte Gelegenheit dazu sein.

Barkus' Gabe ist ebenfalls selten, und Sanjuste hat einen Fehler begangen, als er den Mann reden ließ. Der Wirt kann jede Stimmung mit nur wenigen Sätzen drehen, und das tut er jetzt, indem er eine Geschichte über Mörder und Tom und Hoffnungen und Träume erfindet. Der Hinrichtungszeichner scheint Gefallen an der Szene zu finden. Er malt wie wahnsinnig mit seiner Kohle, während der Hauptmann weiter mit Barkus streitet und ein paar Gardisten einen Hackklotz auf einem Handkarren heranzerren, da eine gewöhnliche Schlinge offensichtlich nicht gut genug ist für den furchterregenden Nachtschattenjäger.

Der Hackklotz ist ein großes, fieses Ding aus schwarzer Eiche, das den Fluss einen ganzen Tag lang karminrot färben würde, wenn man ihn denn hineinhieven könnte. Im Allgemeinen wird er für besondere Anlässe aufbewahrt, aber ich vermute, sie wollen ihn an meinem Hals testen, da das Seil seine Aufgabe nicht erfüllt hat. Es ist eine nette Geste, dass sich mein Blut vielleicht mit dem wichtiger Personen von verschiedenen Königshäusern und ausländischer Marschälle vermischen darf.

Plötzlich kommt Bewegung in die Menge. Valerie wendet sich an die Gardisten und kommt dabei unauffällig dem Wagen in die Quere, zeigt ihre neuen Stiefel und posiert ein bisschen. Es handelt sich offenkundig um ein Verkaufsgespräch. Sie fordert Timmi auf, die Feinheiten der Stiefel zu demonstrieren, und als er sich nach vorne beugt, zuckt eine seiner Hände in die Nähe des Wagenrads, während die andere die Vorzüge einer komplizierten Naht demonstriert.

Die Gardisten winken sie wütend zur Seite und sie huschen zurück zu Carmen, die sie in die Arme schließt.

Ich lächle, weil Timmi genau weiß, wie wichtig Radbolzen sind. Kann natürlich auch sein, dass Lucinda es ihm erklärt hat. Sie nickt ihm jedenfalls dreißig Sekunden später kurz zu, als mitten auf dem Platz das Rad des Wagens abfällt und der Hackklotz auf das Kopfsteinpflaster kracht. Der Klotz ist schwer, und kein noch so großes Ächzen und Fluchen vermag ihn zurück auf den sabotierten Wagen zu befördern. Oder auf den Ersatzwagen. Niemand hilft ihnen, nicht einmal Sanjuste, der sich durch die Menge vom überfüllten Platz herunter drängt.

Die Menschen drängen näher heran. Sie alle wollen wohl das Schauspiel aus nächster Nähe verfolgen.

Und dann steht Lucinda neben Petri und streitet mit

ihm, während er ihr etwas in die Hand drückt. Magnus lächelt, weil ein Kurier auf einem Pferd auf den Galgen zusteuert und einen Unterlassungsbefehl schwenkt. Der nervöse Hauptmann Jakob weiß es noch nicht, aber diese Hinrichtung ist gestorben.

Am merkwürdigsten ist, wie Lucinda Sanjuste einholt, gerade als er der Menge entkommt. Sie steckt ihre Hand ganz kurz in seine Tasche.

In mir steigt Aufregung auf, vielleicht hat Petri ihr einen Tipp gegeben, aber ihre Hand ist leer, keine Handvoll Ringe als Belohnung für ihre Mühe. Das sehe ich an ihrem blassen Gesicht, als sie wieder in die Menge eintaucht.

Der Bote vom Nordtor überbringt schließlich seine Botschaft vor den Augen der Menge, als er heran galoppiert, sodass sich ein paar von ihnen mit Hechtsprüngen in Sicherheit bringen müssen.

»Dieser Mann darf nicht gehängt werden!«

»Warum nicht?«, fragt Hauptmann Jakob resigniert.

»Weil er erwiesenermaßen einen Nachtschatten getötet hat, auf den ein Kopfgeld ausgesetzt war, einen gewissen Kinkaid Lumière von Doward. Diesem Mann gebühren stattdessen Dank und die Glückwünsche von Lady Selwin!«

»Hab ich's Euch nicht gesagt! Hab ich's Euch nicht gesagt!« Barkus und sein großer, runder Bauch hüpfen vor Aufregung.

Lucinda versucht, ihn mit einer ›ich-schneid-dir-den-Kopf-ab‹-Geste ruhig zu stellen. Ich wünschte, sie würde das nicht tun, fast so sehr wie ich wünschte, dass Barkus den Mund hielte.

Aber eine gute Geschichte ist schwer zu stoppen und Barkus wirkt wie ein galoppierendes Pferd, das den warmen Stall schon von Weitem sehen kann.

»Leute, ich sag's euch, erst gestern war Tees bei mir im Wirtshaus und hat versprochen, dass es eine großangelegte Säuberungsaktion geben wird, bei der all diese Übeltäter besser in Deckung gehen sollten. Er hat mich sogar bedroht, der Gute. Aber ich werfe ihm das nicht vor, er wusste es nicht besser.« Barkus starrt in Richtung von Sanjuste, aber weil er ihn nicht sieht, schaut er zu Petri. *Du bist der Nächste.*

Das ist zu viel für die Garde. Die Ehrlichen können es kaum erwarten, sich für einen Verfechter des Guten ins Zeug zu legen, und selbst die Unehrlichen kommen nicht umhin, sich einzugestehen, dass weniger Nachtschatten eine gute Sache wäre.

Aber die absolute Krönung ist das neu entworfene Begnadigungsplakat des Hinrichtungszeichners:

»Teemus Reschoo,
Nachtschattenjäger eures Vertrauens«

Auf der Zeichnung liegt mir ein Haufen schwarzgewandeter, toter Nachtschatten zu Füßen, bemerkenswert gut gezeichnet. Hölle und Verdammnis. Bei Pans Bart. Ich bin ein toter Mann.

Danach holen sie mich schnell vom Galgen,

verbeugen sich, schütteln mir die Hand und entschuldigen sich. Sie machen mir Komplimente über meine Kletterfähigkeiten. Und sehen besorgt aus.

»Geht es Euch gut, Master Rechaud?«

»Es geht mir gut.«

»Vielleicht einen Drink?«

»Nein danke. Ich ziehe es vor, aus einer mir bekannten Quelle zu trinken.«

»Guter Einwand, Master Rechaud. So ein kleiner Galgen kann *Euch* doch nichts anhaben, Master Rechaud.«

»Natürlich nicht.« Ich sage es leise, weil sich meine Kehle ganz kratzig anfühlt.

»Habt Ihr einen Wunsch, Master Rechaud?«

»Ja, bitte. Ich würde gerne mit dem Hinrichtungszeichner sprechen.« Bei Pans Bart, das ist eine Qual. Als ob es nicht schon schlimm genug wäre, dass ich jetzt quasi mit einer riesigen, roten Zielscheibe auf der Brust herumlaufe, gedacht für die tödlichsten Mörder in Teuron.

Der Zeichner eilt herbei, er ist älter, als ich dachte, seine Haare sind erst vor Kurzem gefärbt worden, wie der Holzkohlefleck auf seiner Kopfhaut beweist.

»Gut gemacht, mein Herr«, sage ich.

»Was kann ich für Euch tun, Nachtschattenjäger? Egal, was es ist.«

»Es ist ziemlich einfach. Könntet Ihr meinen Nachnamen ändern? R. E. C. H. A. U. D.« Wenn ich nächste Woche vollkommen tot bin, möchte ich, dass wenigstens mein verdammter Grabstein stimmt.

Der Zeichner entspannt sich. »Sofort, Master Rechaud.«

Irgendjemand verkauft Fleischpasteten in der Menge. Der Geruch von goldbraunem Gebäck und gewürztem Lamm trifft mich wie eine von Magnus' fleischigen Fäusten. Mein Magen knurrt laut, weil Verurteilte prinzipiell kein Frühstück bekommen. Wäre ja auch eine Verschwendung von gutem Haferschleim.

Ein Dorfbewohner mit einer Zahnlücke, derselbe Idiot, der die Schlägerei angezettelt hat, gibt damit an, wie alles damit begann, dass jemand wegen einer hinreißenden Schankmagd eifersüchtig wurde, die ständig um seinen Tisch herumscharwenzelte.

»Na klar, Georg! Du hast wohl eher deine Rechnung nicht bezahlt!«

»Blödmann!«, erwidert Georg.

»Doppelblödmann!«

Es kommt zu einem kleinen Handgemenge.

Barkus ergreift die Gelegenheit und wendet sich an Hauptmann Jakob. »Master Rechaud wird sich bei Euch melden. Keine kleinen Aufträge, bitte. Nur die ernsten. Er hat bisher am Tod von über zwanzig Meuchelmördern mitgewirkt, also verschwendet nicht seine Zeit.«

Er zieht mich die Treppe hinunter, gefolgt von Magnus; meine Familie kommt näher. »Du fliehst besser direkt zur Fortrus Abtei«, flüstert Barkus.

»Musstest du so übertreiben?«, beschwere ich mich.

»Ich habe mich wohl von der Menge ein wenig mitreißen lassen.« Seine Wangen sind gerötet und er sieht gesünder aus nach seinem frühmorgendlichen Lauf zum Galgen. »Ich weiß, dass du es nicht wirklich darauf anlegst, die Nachtschatten auszuschalten. Und ich entschuldige mich für den Ärger, den ich dir gemacht habe.«

»Du hast mir Zeit verschafft und das Leben gerettet. Danke.« Ich starre Barkus eine ganze Minute lang direkt in die Augen, bis er verstanden hat, dass ich ihm dankbar bin. Er schaut besorgt, mit seinen dicken Stoppeln und starken Schultern und dem dicken Bauch, und mir ist klar, wie diese Geschichte enden muss, auch wenn ich nicht die Absicht habe, sie selbst zu Ende zu bringen. Sie muss mit Hoffnung enden.

»Barkus, wenn die Nachtschatten irgendwas zu fürchten haben, dann mich.« Ich sage es mit meiner sanften Stimme, weil ich für Großspurigkeit kein Talent und große Gesten immer vermieden habe. »Vor allem, wenn sie wieder mein Haus angreifen.«

Barkus' Augen sind weit aufgerissen. Er glaubt, ich meine es ernst.

»Ist wahrscheinlich trotzdem besser, wenn du nicht hierbleibst.«

»Ja, ich weiß.«

Es passiert noch etwas Seltsames. Eine Frau mit kurzen, roten Haaren beobachtet mich aus der Mitte der Menge heraus. Sie trägt kein Schwarz, aber ich erkenne sie. Wir sind nicht schnell genug. Sie schneidet uns unauffällig den Weg ab. Aber nicht unauffällig genug.

Ich überlege gerade, was ich als Waffe benutzen kann, als sie uns freundlich anspricht.

»Mein Herr«, sagt sie mit ihrer seidigen Stimme und glitzernden, braunen Augen. »Wenn ich Euch jemals zu Diensten sein kann ...«

Ich starre sie an. »Gestern Abend wäre nett gewesen.«

Carmen holt uns ein, und die Zwillinge folgen direkt dahinter. »Tees, wer ist diese Frau?« Ihr Tonfall gibt mir zu denken, aber ich bin nicht ganz sicher, was er bedeutet.

»Jemand, der mich hängen sehen will.«

Die Fassade der durchtriebenen Zufriedenheit der Rothaarigen bröckelt. »Ich sollte nur beobachten ...«

Carmen schiebt ihren Arm durch meinen. »Du kannst uns dabei beobachten, wie wir weggehen, wie wäre es damit?«

13

W ir trennen uns, kurz bevor wir die Erlösergasse erreichen. Wir sind uns alle einig, dass es das Beste ist, wenn die Kinder und ich Ector morgen früh zusammen mit Magnus verlassen, falls wir Platz in einer Kutsche finden. Die beiden Frauen werden das Haus mit einigen Gardisten vom Nordtor bewachen. Sie wirken unzufrieden mit unserem Plan, aber Carmen ist nicht bereit, ihre Kunden zurückzulassen, und Magnus besteht darauf, dass Lucinda in Ector bleibt, um Carmen Gesellschaft zu leisten.

Carmen steckt mir als Glücksbringer einen Fingerhut in die Tasche, bevor sie Magnus in Richtung der Kutschleihe folgt. Sie berührt leicht meinen Arm und schaut ebenso schnell wieder weg. »Ich habe da einen Bekannten. Er kann dir helfen«, sagt sie.

Lucinda stapft davon, um das Essen zu holen, das

Barkus uns versprochen hat, und brummt etwas davon, dass Magnus ihren Dolch noch zu spüren bekommen wird. Valerie stapft ihr hinterher. Sie scheint sich Lucindas Verhalten abzuschauen.

Timnus bleibt bei mir, obwohl er eigentlich mit Lucinda gehen sollte. »Paps, ich will mit Lucinda und Carmen in Ector bleiben.« Seine Augen blicken sowohl spitzbübisch als auch hoffnungsvoll. »Ich werde in der Stadt verbreiten, dass du geschäftlich unterwegs bist und erst in einigen Monaten zurückkommst. Auf die Weise ist es für die beiden sicherer.«

»Das ist eine gute Idee.« Ich weiß, dass das noch nicht alles war. »Und?«

»Na ja, die Leute werden unbedingt meine Schuhe kaufen wollen, jetzt, wo wir wieder im Geschäft sind.«

Das ist der Teil, wo ich den Vater raushängen lassen muss: Ich will, dass er so sicher wie möglich ist. Keiner meiner Verwandten bleibt in Ector, solange Sanjuste auf freiem Fuß ist.

»Du kannst Schuhe für die Priester machen«, sage ich tröstend.

»Priester sind langweilig.«

»So wie Magnus?«

Er stutzt.

»Du musst übrigens noch lernen, wie man die Größe richtig misst«, sage ich und deute auf Valerie, deren Schritte nicht halb so elegant sind wie Lucindas.

Timnus grinst sein ›ich-bin-doch-nicht-blöd!‹-Grinsen. »Paps! Wenn ich ihr Stiefel gemacht hätte, die genau passen, dann müsste ich ihr doch jeden Tag neue machen!«

»Ich wollte nur sichergehen«, rette ich mich aus der Situation. Kluger Junge.

Ich wechsle das Thema. »Hast du den Radbolzen noch?«

Sein Grinsen wird breiter, als er ihn aus der Tasche zieht.

»Was willst du damit machen?«

»Weiß ich noch nicht, Paps. Vielleicht behalte ich ihn als Glücksbringer.«

»Hört sich gut an. Und jetzt geh und hilf Lucinda.«

Er zieht ab und steckt den Bolzen wieder in die Tasche.

Mich zieht es nicht direkt ins Haus, das die Kinder wieder nicht abgeschlossen haben. Ich nehme es ihnen nicht übel, bei all der Aufregung der letzten Tage. Stattdessen sitze ich lange auf der Hintertreppe und genieße den Wind, die plötzliche Freiheit und die Freude, meine Kinder aufwachsen zu sehen. Fast tot zu sein, macht das Vatersein noch besonderer.

Als ich langsam müde werde, gehe ich hinein und die Treppe hinauf. Das Abenteuer der letzten Nacht holt mich ein.

Ich gähne in meiner Küche, als ich plötzlich merke, dass ich nicht allein bin. Jemand hat die Füße auf meinen Tisch gelegt und der Besitzer ihrer Stiefel grinst wie ein Skelett.

DER GERUCH von unsachgemäß ausgehärtetem Schuhleder treibt durch die Luft. »Sanjuste.«

Ich verzichte auf den ›Meister‹ in der Anrede. Sanjuste ist kein Meister seines Fachs, ganz gleich, was die Gildemitglieder sagen (wahrscheinlich aus Angst).

Er ist ein Riese, mindestens zwei Stiefel größer als ich und mehrmals so dick. Und er hat an Gewicht zugenommen, seit ich das letzte Mal das Pech hatte, ihn zu sehen. Ich habe ihn schon vorher mit Magnus verglichen, aber seine Mitte scheint noch massiver geworden zu sein, birnenförmig, mit einem enormen Körperumfang, ähnlich wie Barkus. Er kommt mir eher dick als groß vor, aber ich weiß, dass er sich für jemanden in seiner Gewichtsklasse ziemlich schnell bewegen kann. Wenn er von seiner doppelt verstärkten Schusterbank aufspringt, sollte man am besten schon unterwegs sein, wenn man ihm entwischen will.

Aber ich lasse mich nicht beeindrucken, zumindest für den Moment. »Raus aus meinem Haus.«

»Ich habe dir gesagt, du sollst gut auf deine Kinder aufpassen.« Ein fieses Grinsen breitet sich auf seinem Gesicht aus.

Er will mir weismachen, dass er sie gefunden hat, aber das glaube ich ihm nicht. Ich weiß genau, dass sie gesund und munter sind und Lucinda und Magnus helfen.

Ich habe trotzdem Angst, wenn auch nur ein bisschen. Sanjuste überlässt seine schmutzige Arbeit Frank, das habe ich zumindest gehört, und die Hintertür ist nur einen Katzensprung entfernt.

Knack, knack.

Jemand hat unten die Tür verriegelt. Ein Blick verrät mir, dass es Frank ist.

Furcht schleicht sich ein. Sie müssen direkt nach der Hinrichtung hierhergekommen sein. »Ich öffne das Schuhgeschäft wieder«, sage ich und entferne mich langsam von der Treppe und Franks schmalem Seil. Es wäre nicht stark genug, um Magnus damit aufzuhängen, aber für mich wird es reichen. »Du wirst dir noch wünschen, du hättest das nicht getan.«

Sein Grinsen wird breiter. Er schaut sich um, als wolle er sich über meinen Mangel an Verbündeten lustig machen. »Du wirst hier gar nichts öffnen.«

Ich bin nicht blöd. Sie sind hier, um mich zu töten, und nicht auf die schnelle und stille Art, so wie Nachtschatten. Sie sind hier, weil sie mich leiden sehen wollen. Sie sind hier, um Unruhe zu stiften und eine Warnung auszugeben. Inzwischen hat jeder Vals neue Stiefel gesehen, und es waren mindestens drei Personen in der Menge bei der Hinrichtung, die Timmis Markenzeichen auf den Schuhen trugen, was ich erst heute Morgen erkannt habe. Die beiden haben in den letzten Wochen Schuhe verkauft, und ich wusste nichts davon!

Aber jetzt ist es an der Zeit, Schadensbegrenzung zu betreiben und mich aus dem Staub zu machen. Ich würde nicht mal Magnus gegen diese beiden antreten lassen, nicht auf so engem Raum, und schon gar nicht, wenn er immer noch halb blind ist. Und allein habe ich erst recht keine Chance.

Sanjuste springt ohne Vorwarnung auf, aber ich bin schneller. Zum Küchenfenster. Es ist groß genug für mich, aber nicht groß genug für ihn. Einmal auf dem Dach kann ich die Tür abschließen und das Haus in Brand setzen. Es wäre schade drum, aber ich kann dieses Ungeheuer nicht frei herumlaufen lassen.

Nur, das Fenster will sich nicht bewegen, und ich habe keine Zeit, den Grund dafür herauszufinden. Ich hechte zur Seite und entkomme mit knapper Not einem seiner Faustschläge und dem Lederpfriem, den er mitgebracht hat. Der spitze Pfriem durchdringt einen Holzbalken und bleibt stecken, was mir eine halbe Sekunde Zeit verschafft, um zur Schlafzimmertür zu rennen.

Abgeschlossen und ich habe keine Zeit, das Schloss zu knacken.

Kalter Schweiß bricht mir aus, als ich sehe, dass Frank die Treppe bewacht. Sie haben das geplant. Das Fenster ist zugenagelt und die Schlafzimmertür abgeschlossen. Das machen wir sonst nie. Timnus, Valerie und ich wissen alle, wie nutzlos Schlösser sind. Nur jetzt nicht. Jetzt sind sie wichtig. Und in den nächsten ein oder zwei Stunden wird niemand sonst nach Hause kommen.

Das ist für mich das Ende der Fahnenstange. Wenn ich sie nicht gegeneinander ausspielen kann, werden sie mich fangen und töten, und das wird alles andere als angenehm.

Frank tritt auf die Treppe, als könne er meine Gedanken lesen, damit Sanjuste freie Bahn hat.

Sie beobachten mich, wie mir meine missliche Lage allmählich klar wird, und Sanjuste setzt ein grausames Lächeln auf. »Ich habe dir schon vor sieben Jahren gesagt, dass ich dich nicht mag. Ich habe dir gesagt, dass das hier nicht die richtige Seite der Stadt ist, um sich niederzulassen. Ich habe es auch deiner heißgeliebten Frau gesagt. Glaubst du, dass dein blinder, kleiner Paladin dich beschützt? Aber nicht, wenn ich Toms Sammlung habe.«

Er zeigt seine fleischige Faust, von der jetzt Lederfetzen baumeln. Fünf schwarze Ringe, einer für jeden Finger seiner linken Hand, sogar für den Daumen. Alle ähnlich, aber doch unterschiedlich. Ich kann in ihnen die Wirbel sehen, jetzt, da sie gereinigt worden sind, wie die Falten in Tenebrus Mantel, Wirbel, die sich bewegen wie ein Umhang, der im Wind flattert, oder eine dunkle Wolke, wenn ein Gewitter aufzieht.

Ich spiele auf Zeit. »Wie du mit den Pranken Schuhe herstellen kannst, ist mir ein Rätsel«, sage ich.

Er starrt mich finster an.

»Oh, genau. Nicht besonders gut, jetzt weiß ich es wieder. Mein Sohn wird dein Geschäft in den Boden stampfen.«

Sanjustes finsterer Blick wird noch finsterer. »Dein Junge hatte Glück. Frank ist ein Idiot und langsam noch dazu. Irgendwann kriegen wir ihn. Wer weiß, vielleicht können wir ihn sogar neben dir aufhängen.«

Frank grinst nur.

Ich verliere die Fassung. Ich bin kein Kämpfer, aber ich greife Sanjuste mit demselben Messer an, wie den blassen Tom. Er ist überrascht, aber die Klinge streift ihn kaum, als er sich zur Seite dreht. Plötzlich bin ich in einer stinkenden Achselhöhle gefangen. Ich sehe, wie mir ein kurzes, starkes Seil über den Kopf gezogen wird.

»Warte nur, bis seine geliebten Kinder ihn von den Dachsparren baumeln sehen«, lacht Sanjuste.

Frank lacht auch. Es ist ein dummes Lachen. Wie ein Troll.

Meine Brust zieht sich zusammen. Ich ziele und stoße meine Fäuste hart in Sanjustes Rippen, aber er hat zu viel Fett, das die Weichteile schützt. Ich winde mich. Ich beiße. Aber Sanjuste hält mich fest, bis Frank mich zu meinen eigenen Dachsparren zieht. Ich halte mich an Sanjustes Hemd fest, um auf dem Boden zu bleiben, aber er zielt mit seinen Lederfetzen auf einen meiner Finger. »Dieser Finger ...«

Ich bewege meine Finger und höre den blassen Tom seufzen. »Die ganze Arbeit umsonst. Ector wird Sanjuste als Nachtschatten bekommen ... Ich hätte Lucinda auswählen sollen. Sie ist so viel cleverer.«

Was würde Lucinda tun?

Sieh in den Taschen nach, kommt mir in den Sinn. Sanjuste könnte alles Mögliche dabei haben. Einen Dolch. Ein Taschenmesser. Eine Zwickzange.

Meine Hand findet die richtige Tasche, gerade als Frank mich wieder anhebt. Meine Finger schließen sich um etwas Kreisförmiges. Toms Ring wird heiß in meiner Hand, und mir wird klar, dass Petri ihn Lucinda gegeben und Lucinda ihn absichtlich in Sanjustes Tasche geschmuggelt hat, wenn er sich als hinterhältig erweisen und mich unvorbereitet erwischen sollte.

Und dann bin ich hoch oben. Aber jetzt habe ich einen Verbündeten.

Ich spüre, wie sich die Zeit verlangsamt, spüre, wie das Seil sich dreht, spüre die Bewegungen von Frank hinter mir, als ich mich umdrehe, rieche seinen fauligen Atem, als er mich hoch zu den Dachsparren zieht. Mein Timing ist perfekt. Mein Absatz erwischt Franks Ohr und den weichen Teil dahinter. Frank krümmt sich und lässt mich fallen. Meine Füße schlagen auf dem Boden auf.

Hallo, Holzboden.

Ich schaffe es nicht, mehr als drei Finger zwischen die Schlinge und meinen Hals zu schieben, bevor Sanjuste mich wieder vom Boden hebt, dieses Mal mit ausreichend Abstand zu meinen tretenden Füßen. Ich werde doch noch ersticken; es wird nur etwas länger dauern. Ich kämpfe dagegen an.

»Du warst schon immer ein ausgekochter, kleiner Mistkerl«, flucht er. »Ich hätte mich viel früher um dich kümmern sollen.«

Er weiß nicht, dass ich meinen Ring an mich genommen habe und so sein Gemurmel hören kann, obwohl ich eigentlich ohnmächtig sein sollte, oder dass ich am Kratzen auf dem Dachboden höre, wie jemand durch meine Falltür schlüpft. (So sind sie also hereingekommen!)

Ich höre auf zu treten, um Luft zu sparen.

Timnus und Valerie flüstern und streiten aufgeregt.

»Lucinda hat gesagt, wir sollen warten«, mahnt Timnus. »Sie holt Magnus.«

»Wir haben keine Zeit, Timmi! Sie haben *Paps* da drin. Sie bringen ihn um.«

Sanjuste hat das Seil festgebunden und tritt nach Frank, der bewusstlos ist. Wahrscheinlich wäre es besser, er würde mich mit einem Messer abstechen, aber das sage ich ihm nicht. Um ihn scheint sich Dunkelheit zu sammeln, aber er kann die Geräusche auf dem Dachboden nicht hören. Ich schätze, das ist keine Fähigkeit, die jeder Nachtschatten hat, nicht einmal einer mit fünf Ringen.

Ich drehe mich um und da ist Val, in den Dachsparren, und versucht, das Seil abzuschneiden. Ich schreie innerlich. *Weg da! Geh weg, Val!* Aber die Worte verfangen sich in dem Seil um meine Kehle. Sie hört nichts außer ihrer eigenen Panik.

Sanjuste wirft sein Messer – eines von mehreren, die er auf den Tisch gelegt hat – und versenkt es geradewegs in ihrer zarten Seite. Sie schreit auf und fällt blutend zu Boden. Meine Tränen fallen mit ihr.

Ich greife das Seil mit der freien Hand und versuche, höher zu kommen. Sanjustes Pranke fasst nach meinem Fuß und reißt ihn wieder herunter.

»Du kannst es dir mit mir zusammen ansehen«, sagt er grausam.

Er schaut ihr dabei zu, wie sie sich auf dem Boden dreht und windet, als Timmi einen Lederpfriem durch seinen rechten Stiefel, den Fuß und den Boden schlägt und ihn so festnagelt. Ich weiß nicht, wo er so plötzlich hergekommen ist, aber dass seine größere, mutigere Schwester blutet, scheint ihn anzuspornen. Dann schwingt er einen Stuhl und hämmert ihn dem riesigen Schuster vor die Brust.

Die Hintertür unten zittert, und Sanjuste erwischt Timmi so hart mit dem Knie, dass er ihn bewusstlos schlägt.

Magnus bricht durch die Tür, schnappt sich Valerie und bringt sie in Sicherheit. Ein Licht leuchtet auf und dann blutet er für sie, keucht und legt sich die Hand in die Seite. Der Blutfluss versiegt.

Sanjuste flucht und schlägt zu, aber sein Stiefel ist immer noch am Boden festgenagelt und er kommt nicht an Magnus heran, der schon damit rechnet, was als Nächstes kommt. Magnus dreht sich zur Seite, greift an Sanjustes zweitem Messer vorbei, seine Finger zu einer langen Faust geformt. Seine Reichweite und seine gute Technik ermöglichen es ihm, sein Ziel auch aus der Entfernung zu treffen. Es knirscht, als Sanjustes Nase bricht.

Ich stecke immer noch in der Schlinge, habe aber

mit den Händen verhindern können, dass sich der Knoten komplett zu zieht. Bevor ich bewusstlos werde, gelingt mir noch ein Tritt gegen Sanjustes Kopf.

Ich BEFINDE mich in einem blassgrünen Federgrasfeld mit einem schwarz gekleideten, alten Mann.

»Wie rührend! Ein Besuch von meinem missratenen Lehrling. Ich hätte mich wirklich besser von der Schankmagd beklauen lassen sollen!« Aber die Pappnase grinst, als hätte er vergessen, dass er tot ist.

14

Ich erwache mit dem allerschönsten aller Anblicke. Timnus und Valerie schauen mich mit vor Sorge gekräuselter Stirn an.

Carmen ist auch da, ihr Gesicht zeigt Erleichterung, als ich meine Augen öffne. »Teemus. Hör bitte damit auf, mich ständig loswerden zu wollen.«

Alles dreht sich, entweder wegen des Blutverlusts oder wegen des Blutes, das jetzt in meine Wangen strömt, das kann ich nicht so genau sagen.

Sie fragen mich immer wieder, wie viele Finger sie mir zeigen, die dümmste Frage überhaupt.

»Dreizehn?«, nuschle ich.

»Pa-aa-ps!«

Genauso reagieren sie immer, wenn ich einen schlechten Witz erzähle.

Lucinda beugt sich vor und flüstert mir etwas ins

Ohr. Ihre Stimme ist ernst und ein wenig traurig. »Dein Messertrick funktioniert gut. Von hinten.«

Als ich sie nach Einzelheiten frage, schüttelt sie den Kopf. »Ich habe getan, was getan werden musste. Alle anderen waren bewusstlos oder so gut wie, und dieses Ungeheuer hatte Magnus an der Kehle gepackt. Es tut mir nur leid, dass wir nicht früher gekommen sind.«

BEIM ABENDESSEN ZIEHT Magnus einen Stuhl für Lucinda heran. Er ist ungewöhnlich nett zu ihr. Zu nett.

Ich will ihn warnen, aber er kommt mir zuvor. »Wie funktioniert das eigentlich mit den Ringen in Ector?«

Lucinda, Carmen und Valerie tauschen verstohlene Blicke aus und widmen sich betont aufmerksam ihrem Essen. Timmis Augen werden groß.

»Ich weiß auch nicht so genau«, sage ich und werde rot.

Natürlich merkt er, dass ich nicht ehrlich bin. Zumindest das hat er gelernt.

Ich seufze und gebe nach. »Wenn man einer Frau in Ector gegenüber höflich ist, bedeutet es, dass man sie mag. Wenn man sehr höflich ist, schenkt sie einem einen Ring. Wenn man *zu* höflich ist, entscheidet das Gesetz vielleicht, dass ihr Anspruch dir gegenüber rechtmäßig ist. Halte dich also zurück, Magnus, und sei nur höflich, wenn du es ernst meinst.«

Magnus scheint nicht überzeugt. »Alle Männer und Frauen haben Anspruch auf Höflichkeit. Ich kann doch Menschen nicht schlecht behandeln, nur weil dadurch Verpflichtungen entstehen könnten.«

»Du hast keine Ahnung, wovon du sprichst, Magnus.«

»Natürlich habe ich das«, protestiert er. »Ich habe keine Angst vor Verpflichtungen. Das ganze Leben ist eine einzige Verpflichtung gegenüber den Rechtschaffenen.«

»Hast du Angst vor der Ehe?«

Das bringt ihn zum Schweigen. Es ist offensichtlich, dass er Lucinda mag, und ebenso offensichtlich, dass er absolut keine Erfahrung mit Frauen hat.

Am Tisch ist es still. Alle kauen angespannt.

»Warte mal«, sagt er. »Soll das etwa heißen, wenn ich zu nett zu Lucinda bin, hat sie vielleicht einen verbindlichen Anspruch auf eine spätere Ehe?« Er scheint sowohl entsetzt als auch verärgert über die Aussicht zu sein.

»Warum fragst du, Magnus?«

Und dann sehe ich, was er unter dem Tisch versteckt.

»Magnus. Was ist das da in deiner Hand?«

»Ein Erbstück.«

»Ein Ring vielleicht?«

»Lucinda hat ihn mir gegeben. Sie meint, das Gold passt gut zu meinen Haaren. Er gehörte ihrem Vater.«

Er sieht aus wie ein Welpe, der weiß, dass er

irgendwo hingepinkelt hat, wo er nicht hinpinkeln darf. Magnus ist wirklich schlau, wenn es um manche Dinge geht – zum Beispiel im Kampf –, aber in anderen ist er furchtbar naiv.

»Ich habe dir gesagt, du sollst in Ector keinen Schmuck annehmen!«

Lucinda blickt mich grimmig an und wirkt plötzlich ungehalten. Sie kennt die Bräuche in Ector und weiß, wie sie sie zu ihrem Vorteil nutzen kann. Vielleicht ist es in Solonge anders, aber in Ector – und übrigens in ganz Ostmarschen – wissen wir, was Verpflichtung bedeutet. Wir sind bestimmt nicht perfekt, aber wenn wir uns einmal zu etwas verpflichtet haben, dann könnte es genauso gut in Stein gemeißelt sein. Und Magnus ist gerade eine große Verpflichtung eingegangen.

»Er passt perfekt«, verteidigt er sich.

»Natürlich tut er das!«, sage ich. »Was glaubst du denn, weshalb sie sich ständig die Wunden an deinen Händen angesehen hat.«

Jetzt schaut Lucinda überrascht.

»Schau nicht so überrascht, Lucy.«

Sie errötet wegen des Spitznamens, den ihr Barkus vor Jahren mal gegeben hat.

»Du weißt, dass mir ein solches Detail nie entgehen würde«, sage ich.

Aber die Überraschungen sind noch nicht vorbei. Magnus ist nicht dumm, ihm fehlt nur die Erfahrung. Und jetzt wird ihm der Zusammenhang klar.

»Warte mal«, sagt er. »Und was ist mit dir und

Carmen? Du warst in letzter Zeit auch schrecklich nett zu ihr.«

Ich werde rot. »Das ist was anderes. Wir sind befreundet. Wir kennen uns schon sehr lange.«

»Lucinda und ich sind auch befreundet.«

»Nein. Laut dem Ring seid ihr mehr als das. Einander verpflichtet. Ihr seid praktisch verheiratet. Alles, was dazu jetzt noch fehlt, ist ein bisschen Zeit ...«

»Warte mal«, unterbricht er mich. »Du hast also keinen Ring von Carmen bekommen? Du hast keinen dieser ›verpflichtenden‹ Ringe bekommen?«

Auf einmal bin ich froh, dass wir morgen schon abreisen. »Äh ... na ja ... Das sollten wir ein andermal besprechen.«

Wenn wir *weg* sind.

Magnus versteht jetzt endlich, worauf ich hinaus will, aber alle anderen natürlich auch.

Meine Kopfhaut kribbelt und ich versuche, mich wegzustehlen, aber die Reaktion kommt selbst für mich zu schnell.

»Nicht bewegen«, platzt Carmen heraus. »Ich habe dir etwas genäht.«

Ich könnte mich gar nicht bewegen, selbst wenn ich wollte. Es ist, als wäre ich mit Kiefernholzsaft an meinen Stuhl geklebt worden.

Sie verlässt den Tisch und eilt zu ihrer Nähtruhe. »Ich wollte dir das eigentlich erst später geben, aber jetzt scheint genau der richtige Zeitpunkt zu sein.« Sie reicht mir eine ordentlich gefaltete Leggings. Sie sieht weich, bequem und leise aus – die Art von Leggings, die nicht einmal flüstert, wenn man sich in ihr auf den Dächern bewegt. Ihr geheimes Projekt. Das, an dem sie abends gearbeitet und das sie in ihrer Truhe versteckt hat.

Sie ist großartig.

»Schau dir sein Grinsen an«, lacht Lucinda. »Ich habe dir doch gesagt, dass er sich drüber freut.«

»Paps, willst du sie nicht mal anprobieren?« Val blickt kurz zu Carmen hinüber und dann wieder lächelnd zu mir.

Ich sehe den Abdruck eines Rings im Stoff, in einer versteckten Tasche, von der sie genau weiß, dass sie mir auffallen muss, aber trotzdem clever. Sie möchte mich verpflichten. »Gleich, Val. Das Anprobieren einer neuen Hose ist nichts, was man überstürzen sollte.«

Timnus kichert. »Du redest wirres Zeug, Paps!«

Jemand klopft an die Tür; es kommt mir vor, als wäre die Erlösergasse der neueste Treffpunkt von Unterector geworden, jetzt, da die Nachtschatten einer nach dem anderen ausgelöscht werden. Magnus, Timmi und ich springen auf, um die Tür zu öffnen. Magnus' Augen scheinen immer besser zu werden. Er stolpert in seiner Eile nur über einen einzigen Hocker, bevor er mit mir zusammen an der Tür ankommt.

Ich schaue durch den Spion und sehe einen Mann mit einer Zahnlücke und einem Umhang. Jemanden,

den ich gut kenne, der mir meinen Ring zurückgegeben hat. Petri hat seinen üblichen säuerlichen Blick aufgesetzt und hält seine Hände so, dass ich sie sehen kann.

Ich öffne langsam die Tür. Er entschuldigt sich nicht und bittet auch nicht um Vergebung. Für Petri ist schon seine reine Anwesenheit eine Entschuldigung, sein Stolz verbeult und verletzt. Er gibt mir einen schwarzen Damenpenny. »Es war das Einzige in der Kiste, was Sanjuste nicht haben wollte«, grummelt er. »Ich dachte, er wäre vielleicht wichtig.«

»Danke.« Ich greife danach. Es ist der aus Toms verminter Kiste. Auf der Vorderseite ist er ein bisschen silberner, jetzt sind zwei nadelstichgroße Stellen zu sehen, als ob Petri versucht hat, ihn zu polieren. »Danke«, sage ich noch einmal.

»Ich habe gesehen, was du mit Sanjuste gemacht hast«, sagt er bereitwillig. »Die ganze Stadt wird nun ruhiger schlafen können.«

Ich erzähle ihm nicht, dass das Lucindas Verdienst war. Ich nicke einfach nur.

»Wenn irgendjemand diesen Ring verdient, Tees, dann du«, sagt er nach einer langen Pause. »Und dieser ist anders als die anderen. Du wirst ihn noch brauchen. Das Kopfgeld, das sie auf dich ausgesetzt haben, ist höher als die Steuern für ganz Unterector.«

Petri verstummt, seine Augen wandern von mir zu Magnus und Timmi.

»Du hast mir das Leben gerettet«, krächze ich. »Und das meiner Familie. Ich stehe tief in deiner Schuld.«

Ich bemerke, dass er sein verletztes Bein nicht belastet. »Willst du den Ring zurückhaben? Du ....«

Petri schüttelt den Kopf. »Sei nicht albern. Er wird mein Bein nicht heilen. Und er verbessert meine Fähigkeiten auch nicht.«

»Woher willst du das wissen?«, frage ich.

Petris Nase zuckt und er zieht eine Grimasse. »Weil ich auch mit dem Ring immer noch kein Abflussrohr hochklettern kann.«

»Du warst schneller, als ich dich je gesehen habe.«

»Tees, krieg das in deinen Dickschädel. Er macht alle besser im Anschleichen, Laufen, sich Verstecken.« Er hält inne. »Im Töten. Aber seine wahre Macht fließt dort hinein, wo du sowieso schon gut bist, und du bist ein Naturtalent. Bis auf den Part mit dem Töten vielleicht.«

»Und du?«

»Darin auf jeden Fall nicht. Ich bin gut im Zählen, dabei brauche ich keine Hilfe. Aber ich weiß jetzt genau, wie viele Schritte ich brauche, um von zu Hause zur Schwarzen Katze, von der Schwarzen Katze zum Hafen, vom Hafen zum Fischmarkt, vom Fischmarkt zu dir zu gelangen ... bei Pans verlaustem Bart! Ich bin auch so schon gut mit Zahlen, ich brauche wirklich nicht auch noch all den zusätzlichen Kram in meinem Kopf. Und ich habe Barkus zum Weinen gebracht.«

Er lacht sein gemeines Lachen. Manche Dinge ändern sich nie.

»Es war lustig. Große, dicke Tränen. Schluchzer. Er

konnte zehn Minuten lang nicht sprechen, sagte immer wieder, dass du keine zehn Tage durchhalten würdest.«

Dann schaut er mich böse an, weil er annimmt, dass ich meinen Ring in der Tasche habe. »Geh mir bloß mit dem Ding weg. Ich brauche nämlich auch keine Hilfe dabei, gemein zu sein.«

Ich zucke mit den Achseln und deute mit dem Kopf auf die Treppe. »Willst du mit hochkommen?«

»Nee, Tees. Ich habe Besseres zu tun.«

Trotzdem starrt er wehmütig hinauf. »Ist Carmen da?«

Ich nicke.

Er nickt zurück. »Gut. Wurde auch Zeit, dass ihr Nägel mit Köpfen macht.« Er schiebt seine Zunge durch die Zahnlücke und pfeift leise. »Wenn du jemals wieder etwas loswerden willst«, sagt er schließlich, »weißt du, wo du mich findest. Aber versuch bloß nicht, mir noch mal einen dieser panverfluchten Ringe unterzuschieben«. Dann geht er die Hintertreppe hinunter und humpelt auf seiner neuen Krücke über den Platz; die Krücke sieht verdächtig nach Magnus' altem Schwert aus.

Magnus lächelt ihm hinterher.

»Paps, ich habe Hunger.«

»Ich auch, Timmi. Wer weiß, wann die Kutsche kommt. Lasst uns was essen.«

Wir wenden uns wieder Essen, Freunden und Verpflichtungen zu, in der Hoffnung, dass so schnell niemand wieder an unsere Tür klopft.

Wenigstens heute Nacht nicht.

DANN SCHLAFE ICH ENDLICH! Ich bin so müde, dass ich nicht einmal mitbekomme, wie jemand mitten in der Nacht einen Zettel unter meiner Tür hindurchschiebt.

.

HAT IHNEN DAS BUCH GEFALLEN?

Liebe Leserin, lieber Leser,

das ist ja gerade noch mal gut gegangen, aber Sie ahnen es bestimmt schon – so leicht geben sich die Nachtschatten nicht geschlagen. Schon bald stecken Teemus, Magnus und Lucinda knietief in neuen Schwierigkeiten, bei denen sie Sie gerne wieder an ihrer Seite hätten (und ich natürlich auch).

Wenn Ihnen dieses Buch gefallen hat, würde ich mich sehr über eine Online-Rezension freuen. Oder Sie erzählen anderen Lesern von Teemus. Auf diese Weise unterstützen Sie mich dabei, weiter Bücher zu schreiben und helfen anderen, die richtigen Geschichten für sich zu finden.

Wenn Sie den nächsten Band nicht verpassen wollen (und wissen möchten, wo Magnus eigentlich herkommt), tragen Sie sich doch für meinen Newsletter mit Infos zu meinen deutschsprachigen Neuerscheinungen ein. Den Link finden Sie unter www.bkhewett.com/buecher

Herzlichst,

 Ihr Benjamin K Hewett

DAS ABENTEUER GEHT WEITER

Band 2 – Die Schwerter von Fortrus – erscheint im
Frühjahr 2022

**Vergiftete Schwerter, kämpfende Priester und eine Abtei
in Aufruhr**

Teemus ist Beschaffungskünstler, kein Dieb. Mit dieser
Auffassung steht er zwar ziemlich alleine da, aber solange er
seine Kinder ernähren kann und sich niemand bei der Garde
beschwert, kommt er mit dem schlechten Gewissen zurecht.

Nur ist das mit dem Beschaffen schwieriger geworden, seit
ein Kopfgeld auf ihn ausgesetzt wurde. Als die
Meuchelmördergilde schließlich ein Magierpärchen schickt,
um ihn umzubringen, macht sich Teemus mit fragwürdigen
Reliquien, seinen beiden Kindern und einem verletzten

Ritter im Schlepptau auf den Weg nach Norden. In der Hoffnung auf Schutz, Vergebung und ruhigere Nächte sucht er Zuflucht in Fortrus, dem größten aller Paladin-Klöster.

Aber so einfach ist das natürlich nicht: Fortrus befindet sich in Aufruhr und die Paladine stecken bis über beide Ohren in Schwierigkeiten. Zu spät erkennt Teemus, dass ein Schutzversprechen nur dann etwas wert ist, wenn es auch eingehalten wird. Mit dem Rücken zur Wand und der Gilde im Nacken wird für ihn immer deutlicher, dass nicht er derjenige ist, der am Dringendsten Hilfe braucht, sondern Fortrus.

Die rasante Fortsetzung der Fantasy-Reihe

Der Dieb und der Paladin